VIP
熱情

高岡ミズミ

white heart

講談社X文庫

目次

イラストレーション／沖《おき》　麻実也《まみや》

VIP　ブィアイピー

熱情　ねつじょう

1

生活環境が人格形成に及ぼす影響はけっして軽視できない、とここ数日はいまさらのようにそんなことを考える。

自分がいい例で、つかの間の平穏な生活にですら、今後途轍《とてつ》もない災難が降りかかってくるのではないか、どこかに大きな落とし穴があるのかもしれない、などと疑心暗鬼になってしまうのだ。

「どうした」

向かいから怪訝《けげん》な様子で問われ、大半はあんたのせいだよと心中で返す傍ら白飯を掻《か》き込む。

焼き鮭《ざけ》、卵焼き、豆腐の味噌汁《みそしる》、小松菜と油揚げの煮浸し。今朝和食にしたのは、昨夜久遠《くどう》がめずらしく飲んできたためだ。

義理事の多い稼業にもかかわらず外で飲食をする機会が少ないのは、久遠自身が故意に避けているからにほかならない。理由はいろいろあるだろう。

状況、立場的に最大限の警戒をする必要があること。そもそも賑《にぎ》やかな場を好まないこと。そして、これは和孝《かずたか》自身の願望も大いにあるが、可能な限り自分との時間を作ろうとしてくれていること。

「どうもしない」

その一言で、食後のコーヒーを淹《い》れるために腰を上げる。この後仕事があるため悠長にはしていられないが、コーヒーを一杯飲む時間くらいはありそうだ。

湯を沸かす間にいくつか皿を洗い、残りの片づけは仕事から帰ったあとにする。

テーブルにコーヒーをひとつ置くと、和孝は立ったままカップに口をつけた。

「この前までのごたごたが嘘《うそ》みたいに、穏やかなんだよな」

久遠が軽く顎《あご》を引く。それのどこが不満だと言いたいようだ。

「わかってる。手の出しにくい状況なんだろ？　でも俺、久遠さんのせいで本当に性格歪《ゆが》んだと思う。穏やかないまがかえって落ち着かないって、どうなんだよ。おかしくない？」

このままでは、落ち着ける日は永遠に来ないような気がしてくる。なにより平穏、平凡な日々を望んでいるからこそ始末に負えない。

「こんなに不条理なことってある？」

的外れと承知で久遠を責める。

久遠は困った奴《やつ》だとでも言いたげに自身の眉《まゆ》の上を一度指で擦《こす》ると、ひょいと肩をすくめた。

「刺激が欲しい、って聞こえるな」

「は？」

冗談じゃない。和孝は鼻白み、久遠を睨《にら》む。それでなくとも久遠と出会って以来刺激の連続で、もう勘弁してくれと日々願っているのだ。

「刺激なら間に合ってるから」

久遠が、手にしていたカップをテーブルの上に置いた。自身のもとへ来るよう手招きしてきたので近づくと、腰を抱き寄せられた。

「不安になるのは悪いことばかりじゃない。慎重になるだろう？　実際、現状が長く続くわけじゃないしな」

どのみち平穏な生活はすぐに終わるという意味だとしたら、それこそ落ち着かない。腹をくくったといくら言ったところでこちらは一般人、不安や怖さが消えてなくなるわけではないのだから。

「確かに」

久遠の大腿《だいたい》を跨《また》ぎ、両腕をワイシャツの背中に回した和孝は、ぽつぽつと言葉を重ねていった。

「本当ならいまを満喫すべきなんだよな。なのに、愉《たの》しんだら、しっぺ返しを食らうはめになるんじゃないかって、ふと思ったりしてさ。ナンセンスだってわかってるんだけど」

久遠は——木島《きじま》組はこれからが正念場だ。五代目の座を奪いにいくなら、まずは四代目を引き摺《ひず》り下ろす必要がある。が、その四代目は容易《たやす》く場所を譲ってくれるような男ではない。

「頭と感情は別物なんだよ」

唇を尖《とが》らせると、額が触れるほど顔を近づけてきた久遠が目を覗《のぞ》き込んでくる。真剣な話をしている最中だというのに、自分ときたら、ほんの数センチのところにある唇が気になり始めた。

「俺にどうしてほしい？」

「……どうって」

唇を意識しつつ、しばしの間思案する。

特別なことはなにもない。昔から自分の望みはひとつだけだ。

「無事でいてくれたら、まあ、あとはわりとどうでもいいかな」

てっぺんをとってくれとけしかけたことと矛盾しているようで、自分のなかではなんら齟齬《そご》はない。なにがあろうと、なにもなかろうと久遠さえ無事で、傍《そば》にいられるのなら他は二の次だった。

「——そうか」

わずかな間のあと、久遠がそう答える。即答ではなかったことをいまさら責めるつもりはなかった。

記憶の問題、というのもあるが、じつのところこれに関してはすでにそれほど案じていない。自分でも一方的な感情だと承知しているせいだ。

肩書や立場等、久遠には久遠の都合があるのと同じで、和孝自身にも事情や都合、考えがある。お互い百パーセント合わせる必要はないし、むしろちがうからこそうまく物事が運ぶ場合も大いにある、と個人的には思っている。

「そう。だから、肝に銘じておいて」

首筋に顔を埋《うず》めると、整髪料とマルボロの混じった匂《にお》いを嗅《か》いだ。十年前からずっと変わらない匂いに気持ちが凪《な》いでいく――と同時に腹の奥のあたりがざわめき始めるのを自覚した。

なんて即物的なのか。動物的と言い換えてもいいかもしれない。

もっとも多感な頃からこの匂いは特別だと刷り込まれてきた身としては、当然の結果と言えるだろう。

「仕事に行かなくていいのか？」

久遠が自身の左手首の腕時計を、右の人差し指でこつんと叩《たた》いた。

「返答次第で、俺のこの手の行き所が変わるんだが」

両手を掲げられ、和孝は喉《のど》で唸《うな》る。無論、ほんの一瞬でも迷ってしまった己の意志の弱

さに、だ。

「いいわけない」

残念だけど、と言外に込め、久遠の上から退こうと腰を浮かせる。けれど、完全にそうする前に、ぐいと引き寄せられた。

「もう出ないと――」

遅れる、という言葉は久遠の唇に吸い取られる。

口づけはほんの数秒、すぐに解かれたにもかかわらず、舌を絡めた感触はなかなか消えるものではない。

「仕事に行くんだろう？」

引き止めておいてそんなことを言った久遠に顔をしかめつつも、今度こそそのりと立ち上がって身体《からだ》を離した。

「行く」

頻繁に顔を合わせていながら、自制するのが難しい。最近はそれが顕著だ。いや、頻繁に顔を合わせているからこそか。

昨夜はもう当分しなくていいと思うほど満足したはずなのに、今朝はもうこの体たらくなのだ。

朝、陽光のもと久遠と顔を合わせることにも慣れてきたとはいえ、毎回のように前夜の行為を思い出すなんて、色惚《いろぼ》けしているとしか言いようがない。

それだけ溺《おぼ》れている、というのもそのとおりだった。

たいがいしつこいのは久遠のほう——と言いたいところだが、そうとは限らなくなった。長引かせたあげく寝落ちし、朝起きてみたらちゃんとパジャマを着せられていた、などということも多くなった。

昨夜も、だ。

——すご……いい。

だらだらとした快楽に身を任せ、甘い吐息をこぼした。

——駄目。

久遠が身を退く前にそう言ったが、そんな必要はなかった。

——ああ、わかってる。

額に口づけると、そのまま抱き寄せてくれた。久遠は忘れているだろうが、こうなったのは比較的最近のことだ。

再会当初は、それこそことが終わればすぐに身体を離していたし、その後にしてもあっさりしたものだった。ピロートークどころか、甘さなんて欠片《かけら》もなかった。

もっともそれは自分のせいでもあったので、久遠には久遠の言い分もあるだろう。少しずつ関係が変わっていったのは、互いの甘え方甘やかし方を理解した結果とも言える。

もっとも昨夜に関しては、その後の久遠のせいでもある。もう十分と終わらせようとするたびに宥《なだ》めすかしてきて、そそのかされた。

——も、無理。

指一本動かしたくないほどの気だるさに音を上げると、

——このままじっとしてる。なにもしないから。

そう耳語《じご》してきて、首筋や頬《ほお》に唇を触れさせてきた。

——でも……挿《はい》……てるし。

——厭《いや》か？

——ていうか、寝るかも。

——だったら、それまででいいからもう少しつき合ってくれ。

どうして拒否できるというのだ。久遠の匂いに包まれ、耳元で囁《ささや》かれ、内側で熱を感じて眠れるはずがない。

どうしようもなくなったのは自分のほうで、最終的に久遠の肩に額を擦り寄せたのだ。

——あ、そこ……ゆっくり、揺すって。

好きなだけ、とその言葉どおり、絶頂に寝落ちするまで久遠はあらゆる要求に応《こた》えてくれた。

舐《な》めてとか吸ってとか、他にもいろいろ……。

「……」

叫び出したいほどの羞恥心《しゅうちしん》に駆られ、ごまかすために仏頂面を作る。朝っぱらからなにをやっているのだろう。

いまは甘ったるい記憶に浸っている場合ではない。しかも当人は涼しい顔をしていて、まるで前夜の出来事などなかったかのような態度で朝刊に目を通している。

再度首を左右に振り、羞恥心を引き摺ったまま久遠を横目にジャンパーを羽織ると、和孝は車のキーを手にした。

ドアへ向けた足をいったん止める。

「そうだ。今日はどうする？」

夜はうちへ来るか、それとも自分が広尾《ひろお》へ行くかという意味の問いだ。これも、平穏だからこそできることだった。

たとえ上辺だけの平穏であっても、おかげで引っ越しも滞りなく終わり、品川《しながわ》の新居、もしくは広尾にある久遠の自宅、どちらかで逢瀬《おうせ》を重ねる日々を送っている。

今後のことが気にならないと言えば嘘になるが、想像力ばかり逞《たくま》しくして疑心暗鬼になってもしようがない。

と、自分に言い聞かせて、しばらくはいまの生活を満喫するつもりだった。

「部屋に慣れたいんだろう？」

「あー、うん。そうだね」

「なら、こっちに戻ってこよう」

久遠の返事に、軽く頷《うなず》く。行ってきますと先に部屋をあとにした和孝は、玄関でスニーカーを履きながら頬が緩むのを止められなかった。

「……戻ってこよう、か」

もともと久遠の部屋なので、その言葉になるのは当然だ。とはいえ、「戻ってくる」という言い方は純粋に心地いい。なにがあっても、どこへ行っても無事に自分のもとへ戻ってきてほしい、それこそがなによりの願いだというのもある。

まるで昭和の演歌だ。

今どき流行《はや》らないと苦笑する半面、日陰の身にはお似合いだと思う。べつにそれでもいいじゃないかと開き直ってもいた。

どうせ姐《あね》にはなれないし、なる気もない。やくざの情夫なんて世間的にも肩身が狭いのだから、日陰の身は日陰の身らしく徹してやろう、と。

駐車場に駐めた車に乗ると、一度マンションを見上げてからエンジンを吹かした。

本来スクーターのほうが小回りがきくので往復には便利だが、あえて最近は車を使っている。久遠にそうするよう言われたというのもあるし、実際、先日の事故を考えると選択の余地はなかった。

店まで十数分。

朝の活気を感じながら見る風景は、右も左もまだ目新しい。きっとそのうち馴染《なじ》んで、街にも人々にも愛着が湧《わ》くだろう。これまでがそうだったように。

そんなことを考えながら、店を目指した。

予定どおりの時刻に到着し、解錠して店内へ入る。厨房《ちゅうぼう》に立つより先にするのは毎日同じ。メニューボードにその日のランチメニューを書き入れることだった。

いい芽キャベツが手に入ったので、今日のランチの副菜は芽キャベツとベーコンのトマト煮込み。

「おはようございます」

「おはようございま～す」

快活な挨拶《あいさつ》とともにドアが開き、いつもの時間に津守《つもり》と村方《むらかた》がやってきた。さっそく三人で開店準備にとりかかる傍ら、その時々でいろいろな話をする。情報交換だったり、相談事だったり、他愛のない話だったり。

いまは、『月の雫《しずく》』に関する話題が多い。宮原《みやはら》が助言、援助してくれることになったおかげで、なんとか目途《めど》が立ってきた。

「できるだけ、ブランクを作りたくないんだよな」

『月の雫』の評判はお世辞にもいいとは言い難い。ネットの悪い口コミのほとんどが根も葉もない噂《うわさ》だったとしても、一朝一夕に払拭《ふっしょく》できるものではない。このタイミングでのリニューアルオープンは、間違いなくマイナスからのスタートだ。

下手に間を空けていろいろな憶測をされるよりは、短期間で一新してしまいたかった。

「俺もそれがいいと思う」

そう返してきた津守に、村方も賛同した。

「SNSも大いに活用していきましょう！」

仲間の言葉はなにより心強く、和孝は俄然《がぜん》やる気になる。つい先日まで途方に暮れていたのが嘘のように、徐々に形になっていくことへの喜びややりがいを感じ始めていた。

開店時間になり、この日第一号の客がやってくる。

「いらっしゃいませ」

しばらくすると近くのオフィス街からランチの客が来るため、悠長にはしていられない。次にやってきたのは、客足が途絶えていたときから常連になってくれた大学生たちだった。

「それにしても、あっという間に客が戻って、全部元どおりですね」

そのうちのひとりの言葉に、おかげさまでと津守が答える。

「普通に考えたらかなりピンチだったと思うんですけど、イケメンのパワーはやっぱり半端ないっす」

そう続けた彼に、他のふたりが慌てて止めに入った。失礼だと注意されると、彼は真顔で力説し始める。曰《いわ》く、見た目の印象の重要性について、だ。

人間関係において、いかに第一印象が大事か。一度植えつけられたイメージを覆すのがどれだけ大変か。大衆心理について勉強しているとかで、彼は真剣そのものだった。

厨房から聞いていた和孝にとっても大いに参考になった。月の雫についてはマイナスのイメージを拭《ぬぐ》うより、プラス面を積み重ねてまずはゼロに近づけることが重要なのだろう。

まもなくオフィス街の会社員がやってきて、満席になった店内を目にし、あらためて自分たちの幸運を実感した。

『Paper《ペーパー》 Moon《ムーン》』に関して言えば、悪いイメージを転じられたのは一部の女性客、常連客のおかげだ。そのひとたちが普通に通ってくれたおかげで、現在は何事もなかったかのように店は繁盛している。

重要なのは、そのひとたちを裏切らないことだ。

感謝しつつ仕事に没頭し、昼の部も終わりに近づいた頃、店に郵便物が届く。それ自体はめずらしいことではないが、昼休憩になって郵便物を確認した和孝は差出人を見て驚いた。まさかの名前がそこにはあった。

「どうかしたのか?」

戸惑いに気づいたのか、津守にそう声をかけられて封筒の差出人名をふたりに見せた。

「え……なんで」

津守も驚いたようだ。

「いま頃、ですか?」

無論、村方も同様で、目を瞬《しばたた》かせる。

差出人名は、『南川雄大《みなみかわゆうだい》』。

右上がりの角張った文字が本人の直筆なのかどうかはわからない。彼はすでに亡くなっていて、犯人はホームレスとされている。

元砂川《すなかわ》組の組員が裏で糸を引いていたと聞いたが——その後彼らがどうなったのか、教えられずじまいだ。教えてほしいとも言わなかった。やくざ同士のトラブルとなると自分が首を突っ込むべきかどうか、思案するまでもないだろう。

目の前にある郵便物を投函《とうかん》したのは、いったい誰なのか。少なくとも南川本人ではない。となると、誰かが名前を騙《かた》っているか、あるいは事前に南川が託したものなのか。

いずれにしても、なぜ自分に、と疑問が湧く。

「俺が開けようか」

津守の申し出を断り、和孝は細心の注意を払いつつ封を切った。中を覗くと、なにも書かれていない便箋《びんせん》の間に小さなUSBメモリが入っていた。

「なんだろう」

店のパソコンを使ってファイルを見る。驚いたことに、そこにあったのは小笠原《おがさわら》やB《ビー》M《エム》、不動清和会《ふどうせいわかい》、木島組の記事だ。

怪訝に思いながらも冒頭部だけざっと目を通してみると、明らかに週刊誌に掲載されたものとは別物だった。

扇情的な文言もなく、完全会員制クラブBMの歴史や火災に遭ったときの状況が記されている。無駄な装飾文も皆無で、最小限の文章量だった。

もしかしたら南川は、本来こちらの記事を載せたかったのか。あるいは、ライターとしての矜持《きょうじ》のために残したかったか。

いまとなっては知る由《よし》もない。

「けど、南川さんはなんで俺にこれを？」

わからないのはそこだ。他人に預けたにしろ、これを自分宛《あ》てに送ってきたのはなぜなのか。

「ほんとですねえ。あのひと、僕らを目の敵《かたき》みたいにしてたのに」

村方の言うとおりだ。けっして友好的とは言えなかった。

「まあ、それが仕事だったたってことかな」

津守の言い分が正解に近いのかもしれない。仕事である以上、クライアントの要求に応えるのは当然のことだ。一方、南川は本来自分が書きたかった記事があり、いつか誰かに読んでほしかったと、そう考えるのがもっともしっくりくる。

ひとは、つくづく複雑な生き物だ。

一面だけを知ってもそれがすべてではないし、各々譲れないラインがあり、みなが自分なりの正義をまっとうしようと足掻《あが》いている。

そこに人間関係も絡んでくるから厄介だ。

パソコンからUSBを抜いた和孝は、それを封筒へ戻す。自宅へ持ち帰って、時間を作ってちゃんと全文を読もう。それが、自分がいまできる南川への供養のような気がしていた。

その後普段どおり賄いをとり、まもなく夜の部に入る。

夕食時には一歩も厨房から出られないほど忙しいが、しばらくすると、常連客と短いながら会話をする余裕も出てくる。いつもと同じように笑い声が店に響き、充実した一日が終わる予定だったが——オーダーストップ間際になってそれは起こった。

「いらっしゃいませ」

Paper Moon の客層とは明らかにちがう三人組がやってきたのだ。

外にいるだろう津守綜合警備保障《そうごうけいびほしょう》の警備員も、さすがに見た目の印象だけでは止められなかったようだ。

ゆったりとしたスーツ、ノーネクタイでシャツの胸元を大きく開いた出《い》で立《た》ちはもとより、雰囲気が一般人とは異なる。

不穏で、粗野。

とはいえ、客として店に来たのなら、和孝にしても他の客と同じように対応するつもりだった。

意図的なのか、いつもそうなのか、男たちは店内に足を踏み入れるなり、ぐるりと不《ぶ》躾《しつけ》な視線を巡らせた。

「こぢんまりした店だなあ」

店内を無遠慮にチェックしたあと、次には客へその目を向ける。それまで和気《わき》藹々《あいあい》としていたが、一瞬にして空気が変わった。

当然の反応だ。トラブルを避けようとするのは、ごく普通の感覚だろう。やくざや半グレ、はみ出し者が毛嫌いされるのは、いつの世でも共通だと言ってもいい。

和孝自身は、客は客だと思って仕事をしている。職業や肩書等で差別するつもりはないし、うまい酒と料理、愉しい場を提供したいという思いは常にある。

だが、それは最低限のマナーを守る相手に対してのみだ。他の客たちを不愉快にするなど言語道断。そういう輩《やから》は客ですらない。

「まあでも、庶民が飯を食うにはちょうどいいか。せこせこ働いて、たまにしょぼい店で外食が唯一の息抜きって？」

なあ、と近くに座っていたカップルに声をかけたのは、三人のうちもっとも年嵩《としかさ》らしい男だった。といっても見た目も雰囲気も話し方もまさに三下《さんした》、上に立つ資質など欠片も感じられない。

わははと他のふたりが追従笑いしたところをみると、たとえ三下であろうとこのなかでは上役のようだ。

食後のコーヒーを愉しんでいたカップルのみならず、他のテーブルに座っていた家族連れや女性客たちは顔を強張《こわば》らせ、店内の空気はますます重苦しくなった。

そうなると男たちは調子づき、さらに声を張り上げる。

「つーか、女の店員はいないのかよ。野郎に接客されてもつまんねえだろ。姉ちゃん連れてこいよ」

津守が男たちの前に立った。

「申し訳ありませんが、本日はもうオーダーストップですので」

本来なら店から叩き出したいだろう。津守にはそれが可能だ。和孝にしてもそうしてほしかった。一方で、おとなしく立ち去る輩ではないと厭というほどわかっているため、津守としてはもっとも差し障りのない言葉を選んだにちがいなかった。

実際は、オーダーストップにはまだ十五分ほど早い。

「は？　そのくらい都合つけろよ。こっちは客だぞ」

声高に文句をぶつけてきた金髪の男に、柄物のシャツを身につけた男も倣う。

「それとも、この店は客によって態度を変えるって？　あーあー、いいのかよ、それで。ろくでもない店だって言いふらしてもいいんだぞ」

うるせえよ、と腹の中で吐き捨てる。

挑発してくるような輩に出す料理はない。とっとと出ていけ。実際、そう言い放ってやってもよかったが、しない理由はひとつ、自分ひとりの問題ではないからだ。

Paper Moon は、津守と村方と三人で始めた店だ。なんとしても守りたいし、これから月の雫の再建という大きな仕事も控えている。

それから、久遠。

開店資金を貸してくれたにもかかわらず、一度も Paper Moon へ顔を出さないのは、やくざが出入りするような店にしたくないという、久遠なりの配慮だ。

なにより苦しいときに支えてくれた常連客がいる。

みなの気持ちを無にするような真似《まね》がどうしてできるだろう。

「あー、もうビールだけでいいわ。ビール三つ」

年嵩の男はそう言うと、どかりと椅子《いす》に座った。それに倣い、他のふたりもテーブルにつく。

るよう促した。
苛立《いらだ》ちをぐっと堪えて厨房から出た和孝は、他の客からの視線を受けて頷き、店から出
「ありがとうございました」
会計時に割引し、さらには次回使えるクーポンを渡す。また足を運んできてくれるかど
うかはわからない。いつ危ない奴がやってくるか知れない店を選ばなくても、レストラン
は他にいくらでもあるのだから。
「なんだよ。感じ悪《わり》いな。客はさっさと帰っちまうし、店員は愛想がねえし」
一見して偽物とわかるロレックスの腕時計をした金髪の男は貧乏揺すりをしつつ、舌打
ちをする。迷ったものの、津守と村方とアイコンタクトを交わしたあと、和孝自身がビー
ルを三つ、テーブルに運んだ。
「これを飲み終えたら、お引き取りください」
どうせたいした用はないんだろ、という意味を込める。丁重な接客を心掛けていても、
内心は穏やかには程遠い。正直になれば、腸《はらわた》が煮えくり返っている。
どこのどいつだと胸倉を摑《つか》んで、問いつめてやりたい衝動にすら駆られた。
「お引き取りくださいだあ？　なんだよ、その言い草はよぉ」
ビールをぐっと呷《あお》った年嵩の男が、テーブルにグラスを叩きつけた。残っていたビール
が飛び散り、テーブルを濡《ぬ》らす。

「あなたたち――」

　前へ出ようとした津守を制し、和孝は男へ向き直った。

「さっきあなたがおっしゃったとおり、うちは小さなレストランなんです。お客様はみんな、愉しい時間を過ごすために店に来てくれます。大声で喚《わめ》かれたり、威嚇されたりすると困るんです」

　精一杯の忍耐を掻き集めて、黙礼した。

　だが、多少でも期待したのが間違いだった。こういう輩は相手の意図を汲《く》む気もなければ、理解すらできないのだ。

「『困るんです』ってか？　べつにこっちは、あんたらが困ろうが痛くも痒《かゆ》くもないんだが？」

　上役が上役なら、手下はそれ以下だ。なにがおかしいのか、大きな口を開けて大笑する。みなでひとしきり笑ったあと、年嵩の男が上目遣いで見てきた。

「兄ちゃん、俺らはビールが飲みたくてたまたま目についた店に入った。邪険にされる覚えはないんだよ」

　これには思わず吹き出す。言うに事欠いて「たまたま」とは、なんの冗談だ。

「てめえ、なに笑ってやがる」

　下のふたりが立ち上がり、歯を剝《む》いて威嚇してきた。

「舐めてんのか？　コラ」

定番の脅し文句を聞いてさらに笑った和孝は、自分の我慢がばかばかしくなってきた。こんな奴ら相手にまともに話をしようとすること自体、誤りだ。さっさと追い出して、いつもどおり片づけをして、「お疲れさま」と労《ねぎら》い合って別れる。いますぐにでもそうすべきだ。

「お代はいただきません！　ですから、お客さんでもないです」

腹に据えかねたのだろう、少し離れた場所から村方が男たちに向かって叫んだ。

ふざけんなよ、と男たちは村方に噛《か》みついたが、おかげでわずかに残っていた忍耐力を手放すきっかけができた。

「ふざけてるのは、そっちでしょう」

一日じゅう仕事をして凝った肩を揉《も》みつつ、は、と鼻を鳴らす。

「用がないなら帰ってくれませんかね。うちはまっとうな店なんですよ。そちらさんにはそちらさんにふさわしい場所があるんじゃないですか」

怒らせるのは承知のうえだった。いや、その意図があって挑発した。相手が激怒し、飛びかかってくるようならそれなりの対処ができる。

「てめえっ」

案の定、単純な男たちは一気に怒りを爆発させる。

「下手に出てると思って、いい気になるなよ！　こんなしょぼい店ひとつ、あっという間に潰《つぶ》せるんだ。いますぐそれを証明してやろうか！」

だが、いくらこちらからしかけたとはいえ、この一言は許せなかった。

「やれるものならどうぞ？　そっちがそう出るっていうなら、俺も俺にできるすべてで対抗しますよ」

「てめえになにができるって？」

唾《つば》を飛ばして怒鳴ってきた年嵩の男に一歩近づき、まっすぐ見据えた。

「なにができるのか知りたいのなら、いまここで試してみたらどうですか」

殴りかかってこい。わざと嘲笑《ちょうしょう》してみせ、相手を刺激する。

「銃とかナイフとか、どうせ持ってないんでしょう？　持ってたら、とっくに出してますよね。素人の店だからってちょっと脅せば怯《おび》えると思ったんでしょうけど、そんなんだから、いつまでたっても下っ端なんですよ」

図星だったのか、この一言は男の逆鱗《げきりん》に触れたらしい。顔が見る間に赤く染まり、こめかみには青筋が浮き上がる。

「ぶっ殺す」

低く吼《ほ》えるや否や、男がグラスを床に叩きつけた。ガシャンと大きな音とともに割れ、ガラスの破片が周囲に飛び散る。ほぼ同時にこちらに飛びかかってきたが、和孝の胸倉に両手が届くより早く津守が割って入り、なんなく男を床に倒す。他のふたりは、村方と自分で日頃の護身術の成果を披露するいい機会になった。

「これは——」

外からでも異変に気づいたのだろう、ドアが開き、警備員がふたり店に飛び込んできた。

「警察を呼んでください。威力業務妨害、器物損壊、あと傷害で」

津守の言葉に警備員はすぐさま反応し、男たちを取り押さえる。当然抵抗されたが、警備員はプロだ。男たちになにもさせなかった。

「俺らがなにしたって言うんだっ」

「正当なクレームを入れただけだろ！」

この期《ご》に及んで言い逃れをする男たちに対して、まるで印籠《いんろう》のごとく携帯を掲げてみせたのは村方だ。

「無駄ですよ。他のお客様に対する態度もグラスを叩き割ったところも、あまつさえオーナーに飛びかかろうとしたところも全部録画しましたから！」

さすがと言うしかない。こういう部分の対応は誰より早い。

逃れられないと悟ったのか、くそっと毒づいたあと、男たちは急に態度を変える。

「俺らは、べつに悪意があったわけじゃねえんだ。ほら、軽く酒が入ってたからよ」

わかるだろ、とでも言いたげにへらへらとしてきても手遅れだ。立ち去るよう再三の申し出を無視したのは男たちなのだから。

言い訳を耳に入れるつもりはさらさらないが、警察が来るまでの間もたせにはちょうどいいと年嵩の男へ視線を向けた。

「誰かに頼まれたってことですか?」

男はすぐに食いつく。

「じつはそうなんだよ。こっちはあんたになんの恨みもないいんだが……仕方がなかったんだ」

この返答は想定済みだったので、

「誰にですか」

こちらも間髪を容《い》れず質問を重ねた。

しかし、どうやらこれは男にとって警察に突き出されるよりまずかったらしい。瞬時に顔色を変えたかと思うと、それきり口を閉ざしてしまった。

明白になったのは、顔色を変えるような人間が絡んでいるという事実だ。

真っ先に三島《みしま》の顔を思い浮かべたものの、それ以上追及するのはやめておいた。どうせ名前を出さないだろうし、三島本人がこんな下っ端の男たちに直接頼むとは到底考えられなかった。

不動清和会の会長とチンピラでは、顔を合わせる機会すらないはずだ。

まもなくやってきた警察に男たちを引き渡す。警備員に加えて津守が同行してくれ、やっと解放されたときにはすでに真夜中になっていた。

片づけをすませ、店の前で村方と別れる。すぐ裏手にある月極《つきぎめ》の駐車場に向かい、車のエンジンをかける前に携帯を見ると久遠からの着信が入っていて、和孝は折り返し電話をかけた。

「ごめん。いろいろあって。いまから帰る」

きっと心配しているだろう。警察を待つ間に連絡しておけばよかったと思いつつ口早にそう言うと、驚くべき、ある意味納得できる返答があった。

『先方の顔写真が送られてきたから、いま確認しているところだ』

早っ、と思わず声に出る。

すでに久遠は警備員からの一報を受けているようで、説明するまでもなかった。先日、榊《さかき》が店に来た際も真っ先に連絡がいったということは、そういう契約になっているにちがいない。

「もう家？」

この問いには、まだ事務所だと返ってくる。帰宅間際に警備員から連絡が入ったせいで、よけいな仕事を増やしてしまったというわけか。

ことで気づいた。

『そうだな』

久遠の返答を聞いて、ほっとする。自分がまだ不快感を引き摺っていたらしいと、この
「家に来る?」

「じゃあ、あとで」

『ああ』

短い電話を終えた和孝は、エンジンをかけ、車を走らせる。

声を聞いたことであっさり落ち着いた自分には苦笑を禁じ得ないが、半面、自然な感情だとも思う。

ひとつには、これまで幾度となくこの手のトラブルを解決してくれたという信頼。久遠ならうまく対処してくれるはず、という安心感がある。

だが、一番はやはり顔を見ることだった。

なにが起ころうと、声を聞いて顔を見れば、たいがいの問題は解決する。これまで何度も距離を置かれてやきもきしてきたせいもあって、無事な姿を確認できるいまは気が楽だし、なにもかも大丈夫と思えるようになってしまった。

こんなに簡単でいいのかと自身に呆《あき》れるときもあるが、長年染みついた癖はそうそう抜けるものではない。

都合よく躾《しつ》けられたような気がする——と言えば、久遠はきっと反論するだろう。懐かない猫を懐かせるのに俺がどれだけ苦労したか、そう言ってため息をこぼす姿が容易に目に浮かぶ。

自宅付近の交差点まで来ると、赤信号で停《と》まる。そういえば——和孝は、初めて品川のマンションを訪ねた日のことを思い出していた。

その日、ちょうどこの交差点で田丸《たまる》と再会した。いや、再会したのではなく、正確には待ち伏せされたのだ。

詫《わ》びも兼ねて忠告したいと、あの言葉はこの際本当でも嘘でもいい。自分がなにより気になっているのは、やはり今後の田丸の処遇だ。

同情する気はなくとも、最後の声は耳に残っている。彼はどこで、なにを間違ったのだろうといくら考えても答えが出ないせいかもしれない。

比較することは無意味、そうすべきではないとわかっているが、自分と田丸の差といえば、やくざの家に生まれたかどうかくらいしか思いつかない。もし田丸が普通の家、親であったならどうなっていただろう。

少なくとも過去、日本に無理やり連れ戻されるような状況にはならなかったはずだし、だとすると数年間を棒に振ったと田丸が久遠を恨むようなはめにもならず——その場合、現状もちがっていたのではないか。

田丸の希望はおそらくたったひとつ、白朗《バイラン》の待つ場所へ帰ることだ。

いまは稲田《いなだ》組に軟禁されているらしいが、もし離れている間に白朗の身になにかあったとき、彼はどうするのだろう。

くだらない妄想と承知であれこれ考えを巡らせているうちに信号が青に変わり、田丸の顔を頭から追い出すと、ふたたびアクセルを踏んだ。

まもなくマンションに到着する。エントランスを通ってエレベーターで最上階へ上がると、まだ転居して半月とたたない自宅へ戻った。

どうやら久遠はまだらしい。

「ただいま」

ジャンパーを肩から落としつつリビングダイニングへ入る。それをポールハンガーへかけると、手を洗ってから、冷蔵庫に常備している切り干し大根の煮物と先日取り寄せた氷《ひ》頭《ず》なますを皿に盛る。

時刻が時刻なので酒の肴《さかな》はこれくらいにして、グラスをふたつテーブルに置いた。ちょうどそのタイミングでインターホンが鳴る。

久遠だ。

合い鍵《かぎ》を持っている久遠が必ずインターホンを押すのは、もちろん防犯のためだ。オートロックを解錠した和孝は、久遠が上がってくるまでの間に小皿と箸《はし》を用意して待った。

「お疲れ様」

玄関で久遠を迎え、コートを受け取って自分のジャンパーの隣にかける。厭な話はさっさとすませてしまおうと、リビングダイニングに戻るや否や、和孝は先刻の出来事について切り出した。

「これ、村方くんから送ってもらった動画なんだけど」

携帯を久遠に渡す。

動画を見る久遠の反応を窺《うかが》ったが、普段どおり特に変化はない。と思っていると、見終わったあとに呆れを含んだ半眼を向けられた。

「煽《あお》りすぎだ」

「え、なに？」

久遠にそう言われてもどのあたりが煽りすぎなのかぴんとこなかったものの、それを確認するのはやめておいた。

こういう事態において、下手に追及して藪蛇《やぶへび》になったことは過去にも多々ある。さすがに学習したから、と心中で呟き、別の質問をした。

「あのひとたちの素性、わかりそう？」

まずはそこがはっきりしなければ、先方の目的は判明しない。奴らの言動を初めから思い出してみても、たまたま入った店に難癖をつけたとは到底考えられなかった。

返答を聞く前に、低いバイブ音が耳に届く。

久遠はスーツの内ポケットに手をやると、携帯を取り出した。

「ああ、大丈夫だ」

久遠が電話をし始めたので和孝はキッチンに向かい、冷蔵庫からビールを出してテーブルに置く。栓を抜き、グラスに注ぎ終わったとき、久遠の電話は終わった。

スーツの上着を脱ぎ、椅子の背凭《せもた》れにかけてから、久遠は向かいに腰を下ろす。取り皿に煮物となますをそれぞれ装《よそ》っていると、さっきの質問の答えが返った。

「うちの会の者じゃない。他のところの末端だ」

「え、あ……そうなんだ」

いまの電話がそうだったのか、相変わらずさすがの情報網と言える。一方で、大きな疑問が残った。

「でも、それじゃあ、本当にたまたま店に来たってこと？」

あの態度でそんなことがあり得るだろうか。信じられないと続けた和孝に、久遠がビールに口をつけてから、一度首を横に振った。

「確認中だ」

やはり偶然という線は薄いと判断しているようだ。それならどういうケースが考えられるか聞きたい気持ちはさておき、そうしたところでおそらく気は晴れないだろう。久遠が憶測で語ることはまずないし、確認中と言われたからには明白になるまでおとなしく待つしかない。

「じゃあ、この話は終わり」

ビールがまずくなると言外に言い、他の話題を持ち出す。月の雫の話だ。

「宮原さん、資金提供だけじゃなくて、スタッフに応募するって——本気かな」

先日も、いつ募集するのかと問われた。募集するかどうか自体まだ決めかねているが、もし本当に宮原が手伝ってくれるのならこちらとしては手放しで歓迎するつもりでいる。

「本気なんじゃないか」

「いやでもさ、ＢＭのオーナーだったときにもう隠居したいとか、フロントは僕には無理とか言っていたひとだよ？」

「ＢＭだったからだろう」

「あ……まあ、そうか」

ＢＭは宮原にとって特別な場所だった。宮原自身は多くを語らなくても、きっといいこともそうでないこともたくさんあったのだろうと推測できる。

ＢＭが火事で焼失した際、宮原もショックを受けたはずなのに、どこか肩の荷が下りてほっとしているようにも見えた。ほんの一瞬だったが、あれは宮原の本音だったのだと思っている。

「月の雫はさ、渋々受け継いだだけだし、勢いでこうなったのは間違いないんだけど――なんだろうな」

和孝はビールを一口飲んでから、目を伏せ、先を続けて言った。

「いまは少しわくわくしてる。もちろん問題は山積みなんだけど、みんなで新しいことを始めるからかなあ。面倒なあれこれをどう解決していくか、それを考えるのもなんだか愉しいんだよな」

正直なところ、父親から押しつけられたという感覚はすでにない。いまとなっては、なるべくしてなったような気すらしていた。

久遠から特に言葉はなかった。和孝にしても聞いてくれるだけでよかった。むしろよけいな助言は必要ない。これまでも久遠相手に愚痴をこぼしたり、悪態をついたりして感情を吐露してきたのは聞き役に徹してくれるからだ。

ようは憂さ晴らしをしたいだけなのだ。

その相手はやはり久遠がよかった。それだけ自分が久遠に頼っている証拠だと自覚しているが。

「順調ならなによりだ」

「おかげさまで」

ついさっきやくざ者に店へ乗り込まれたばかりだというのに、のんきなものだ。実際、あまり不安はないし、相手の目的さえはっきりすれば久遠がどうにかしてくれるという安心感もある。

和孝自身、多少図太くなったのかもしれない。あれほど腹が立ったのに、すでにあの男たちの顔も思い出せないほどだ。

「もう少し飲む？　それとも風呂《ふろ》に入る？」

和孝がそう問うと、久遠は緩めていたネクタイをぐいと引き、外した。

「風呂に入るか」

「了解」

和孝は椅子から腰を上げ、グラスや皿を手にとる。自身の使ったそれをシンクに運んだ久遠とともに、その足でバスルームへ向かった。

ひとりずつ入ったほうがゆっくりできるけれど、今日は遅くなったからふたり一度のほうが手っ取り早い。なんて言い訳はもう必要ない。

そのときの気分でやりたいようにやる、そう決めた。皿の片づけをするよりも、久遠の傍にいたい、肌に触れたい、いまは自分のなかにある感情を優先したかった。

2

久遠《くどう》は木島《きじま》組にある自室で戸田《とだ》と対面していた。斉藤《さいとう》組の若頭だった戸田が一連の騒動を経て、数人の部下とともに木島組に入ったのが半月ほど前。無論現在の立場は一緒に入ってきた他の部下同様「平」で、仮に今後どれほどの手腕を発揮しようと以前ほどの出世は望めない。

それを戸田も承知しているだろう。

斉藤組が解散した後に自身の組を起《た》ち上げる選択肢もあるにはあった。おそらく一度ならず頭に浮かんだはずだが、結局そうせず木島組に入ることを選んだことは戸田が聡明《そうめい》な男だという証拠でもある。

――あのひと、マジで気が回りますわ。

実際、真柴《ましば》が手放しで褒めるほどよくやっているようだ。戸田本人は強面《こわもて》で、一般人であれば敬遠する見た目にもかかわらず歓楽街では慕われている事実を見ても真柴の評価の正しさが知れる。

「なにか不自由なことがあれば言ってくれ」

久遠が戸田とふたりで会うのは、今日が初めてになる。そろそろ答えを出そうと考えていた。

戸田と複数人を木島組に迎え入れた事実は、翌日には不動清和会《ふどうせいわかい》全体の共通認識になった。久遠自身、三島《みしま》にそう報告したが、正確にはまだ「若頭預かり」だ。ようするに、なにか問題が起こった場合、上総《かずさ》の一存でいつでも一方的に切ることができるという状況にある。

「いえ。特にはありません。頭や真柴さんによくしてもらっているので」

見かけによらず優等生的返答に、久遠は軽く頷《うなず》き、戸田に煙草《たばこ》を向ける。

「いただきます」

一本抜き取るのを待って久遠自身も唇にのせると、ライターで火をつけてからそれを戸田にも放った。

室内に煙草の匂《にお》いが満ちる。

——久遠さんの匂い。

よく和孝《かずたか》がそう言うが、もともとマルボロは木島の愛飲していた銘柄だ。久遠がマルボロを初めて吸ったのは大学に入学する際。入学式の前夜、呼ばれて木島の部屋に行くと上機嫌で酒と煙草を勧められた。

——おそらくこれから酒も煙草も女も……いや、女はとっくか。まあ、大学時代が一番誘惑が多いだろう。おまえは冷静すぎるほど冷静だから心配はしていないが、安易に安物に手を出すんじゃないぞ。自分の価値を下げる。

そう言って笑った木島は、マルボロとアメリカのマフィア映画が好きだった。酒はけっして強くなかったものの、バカラのグラスでブラントンをちびちびやりながら『ゴッドファーザー』を観《み》ている姿をいまでもよく思い出す。

あれからもう十五年あまり。

マルボロの匂いはすっかり自分に染みついた。

「昨日のことなんですが」

こほんと一度咳《せき》をした戸田が、じつはと切り出してきた。

「どこで俺の番号を知ったのか、四代目から携帯に電話がかかってきました」

番号をどこで知ったか、についてはどうでもよかった。誰かから聞き出すことなど造作ないので、この場合重要なのは、三島が戸田に連絡をつけたという一点にある。

どうせろくでもない話だろうと思っていると、案の定の言葉が戸田の口から発せられた。

「『男にうつつを抜かして、姐《あね》をもらうことすらしない組長のもとで本気でやれるのか』と。どうして四代目がそんな厭《いや》がらせをするのか、理由がわからないんですよ。植草《うえくさ》さんが存命だった頃の斉藤組ならわかりますが、俺らの木島組入りを邪魔することになんの意味があるのか」

戸田の疑問はもっともだ。三島にとって植草は目の上のたんこぶだったが、跡目を継いだ瀬名《せな》は小者だった。植草の死後三島が斉藤組を警戒していたのも、植草の人脈であって瀬名ではなかった。

　であれば、なぜ三島が戸田の動向を気にかけるのか。

　たったいま、戸田本人が口にした一言に尽きる。ようするに、厭がらせだ。

　斉藤組のシマを手に入れるつもりだった三島は、当てが外れて腹を立てているのだろう。そのため三代目の息子、慧一《けいいち》を呼び戻して使おうとしたが、そちらも失敗したとなれば今後なんらかの策を練ってくるのは間違いない。

　そして、そんな状況でも厭がらせをせずにいられないのが三島だ。

「あのひとは揉《も》め事が好きなんだ。気にする必要はない」

　吐き出す煙とともに戸田へそう言った。

「なるほど」

　戸田の返答はどこか歯切れが悪い。その理由はもとより承知していた。

「なにか聞きたいことがあるんじゃないのか？」

　吸いさしを灰皿で弾《はじ》く傍ら問う。一瞬、言いにくそうな様子を見せてから、戸田は切り出した。

「噂《うわさ》を、耳にしたので」

どうやら三島の言った「男にうつつを抜かして」というのが気にかかっているようだ。肩をすくめた久遠は、本当だと返した。

「男にうつつを抜かしているのも、そのせいでこの先もうちに姐が来ないのもそのとおりだ」

姐を迎えるときは事前に知らせてと、いつだったか和孝がそう言った。本人は平静を装っていたつもりでも、もともとの気性は隠せるものではなく、苛《いら》ついてたまらないと、本音がその目に表れていた。

ふっと自然に口許《くちもと》が綻《ほころ》んだ。

上総が慎重になるのも無理はない。和孝を単なる一般人だと思って舐《な》めてかかると、怪我《けが》をするのはこちらのほうだ。

なにを言いだすか、しでかすか、予測がつかないという点では下手なやくざよりよほど危険だ。

「それは……」

戸田は一度瞬《まばた》きをする。斉藤組で若頭をしていただけあって、反応はそれだけだった。

「いえ、承知しました。今後はそのつもりで三島さんに対処します」

話は終わりだと、椅子《いす》の背凭《せもた》れに背中を預けることで示す。

一礼の後、戸田が部屋を去った。戸田が気にしていたのは自身の査定よりこれだったかと苦笑いしたとき、入れ替わりに上総が姿を見せた。

元斉藤組のシマの管理に関して報告してくる。真柴はうまくやっているとのことで順調らしいが、やはり上総が懸念しているのは三島だった。

「このまま見逃すひとではないでしょう。斉藤組のシマを攫《さら》われ、坊を横から奪われて知らん顔をしてくれるほどあのひとが物分かりのいい人間とは思えません」

上総に指摘されるまでもなかった。いま頃三島は、反撃のタイミングを虎視眈々《こしたんたん》と狙《ねら》っているはずだ。

本来ならすぐにでも手を打ちたいのだろうが、一連の騒動で警察の目が厳しくなったため、懸命に堪《こら》えているのだ。

なにしろ警察は、手柄を立てるために躍起になっている。この機に不動清和会の力を削《そ》ぐつもりなのは誰の目にも明らかだった。

暴力団への締めつけが年々厳しくなり、廃業を余儀なくされる組も増加の一途を辿《たど》っているご時世、自分たちの存在はすでに時代錯誤なのだろう。しかも今後も状況は悪くなる一方だときている。

それでもなお、四代目だ五代目だと猿山のボス争いをするのだからこれほど滑稽《こっけい》なことはない。記憶をなくしたいまは、よけいにそう思う。

「ああ」

おかげで自身の役目が明確になったと言ってもいい。

もともとは両親を死に追いやった張本人を捜すのが目的だった。それがいつしか二の次になり、木島の残した組と、組員を守ることのほうが重要になっていたと知るには半月もあれば十分だった。

となれば、やるべきことはひとつ。

三島が木島組を潰《つぶ》そうとするなら、全力で阻止する。三島を四代目の座から引《ひ》き摺《ず》り下ろし、木島組を存続させる。それがなにより重要だ。

「戸田のもとに三島さんから電話があったようだ」

半笑いでそう言った。

「戸田に？　うちに来いとでも？」

うんざりした様子で上総が肩をすくめる。

「いや、男にうつつを抜かすような組長のもとで大丈夫かと心配してくれたんだと」

上総が眼鏡の奥の目を眇《すが》めた。

「三島さんは、なにがしたいんでしょう」

上総の疑問はもっともだ。告げ口めいた厭がらせは、その程度の男だと自ら知らしめるも同然の行為で、当人が対外的に見せている豪胆なイメージとは程遠い。現に戸田は三島のやり口自体に戸惑っているようだった。

実際の三島は誰より臆病《おくびょう》で計算高いが、そういう性分だからこそ会長まで登りつめたとも言える。

「さあな。よほど腹に据えかねているのか、それとも、なりふり構っていられなくなったのか」

あるいはそういう戦法なのか。

「とりあえず砂川《すなかわ》組の残党につけていた者らに、結城《ゆうき》組の動向を探らせようと思います」

「伊塚《いづか》だな」

伊塚を中心とした若い組員たちの働きは、斉藤組の件を終わらせるのに欠かせなかった。やくざには見えず、どこにでもいる若者に見える組員たちは街に溶け込み、見張り役としてはうってつけだった。

昔気質《むかしかたぎ》のやくざとはちがい、退《ひ》き際《ぎわ》も心得ていて無理をしない。面子《メンツ》よりも状況を優先する者たちだ。今回もうまくやってくれるにちがいない。

「ええ。そのままスライドさせるつもりです」

上総も同様に考えているから、結城組を任せるつもりでいるのだろう。

果たして田丸《たまる》を奪われた三島が次にはどう動くのか。今回の三島の選択が今後の不動清和会、いや、裏社会に少なからず影響を与えるはずだ。なんにしても、三島を四代目の座から下ろすと決めた以上、木島組として進むべき道は決まっていた。

「俺は、そんなにうつつを抜かしているように見えるか？」

煙を吐き出す傍ら、上総に問う。久遠にしてみれば深い意味はなく、単に軽口だった。

上総は考えるそぶりすら見せず、

「見えますね」

即答する。

それが妙におかしくて、くくと久遠は笑った。

「そうか」

上総の返答は少しも意外ではなかった。なにしろ自覚があるくらいだ。

和孝自身は、自分が足枷《あしかせ》になることをなにより恐れているようだが、実際はそう単純な話ではない。田丸と白朗《バイラン》は別として、以前の和孝にそれほどの価値はなかった。

拉致《らち》したところで利用価値が薄いうえ、面倒な存在だった。仮に悪条件が揃《そろ》っていれば消されていた可能性もあった。

だが、いまと当時とでは事情が変わった。

「まあ、しょうがない」

あきらめてくれ、と言い、煙草の煙をぷかりと吐き出す。

「しょうがないですすめばいいのですが、あくまで彼は一般人ですから」

顔をしかめた上総に、久遠は唇にのせた吸いさしを上下に揺らす。上総からすれば、言いたいことはいくらでもあるのだろうと察せられたが、「しょうがない」と言う以外、言葉はなかった。

もっとも上総も気づいているはずだ。組や組員を守るのが最優先、常にそうしてきた上総自身が、本来部外者である和孝の身まで案じている時点で答えは出ている。

「一般人？　もうちがう」

久遠がそう返すと、上総の眉間《みけん》の縦皺《たてじわ》が深くなった。

「あなたはまたそういう言い方をして」

ため息交じりの忠告には、反射的に鼻で笑ってしまう。

昔を思い出したのだ。

性分というのは変えられない。外から入ってきたにもかかわらず、当初から上総は自身よりも周囲を心配するような人間だった。

「お互いさまだろう？」

どうやら上総もなにか思い出したのか、気まずそうにかぶりを振る。

「起こってもいないことで気を揉んでいると言いたいのでしょう」

「ああ」

久遠は肯定した。

「そのおかげで、うちはここまで来た」

実際、上総の支えがあったから自分が好き勝手にやってこられたと思っている。よく姐の仕事を縁の下の力持ち、もしくは内助の功と言うが、木島組に限っていえば、それらもすべて上総の役目だった。

「心配性とか世話好きとか、根っからそうだったわけではないんですよ」

「素地はあったってことだろう」

「だとしても、そうせざるを得なかっただけです」

久遠自身心当たりがあるため、一言、そうだなと返す。上総の性分の一端は自分にあるとわかっているので、それ以上の言い訳をするつもりはなかった。

暇《いとま》を申し出た上総が部屋を出ていってすぐ、内線で伊塚を呼び出す。

先日、伊塚は相談があると言ってきた。本来なら、なにかあれば直属の上役になる有坂と話すべきだが、どうやらその有坂に関する話らしい。

まもなくドアがノックされ、伊塚がやってきた。

久遠はソファに座るよう促し、自身も向かいに腰を下ろす。

「仕事はどうだ?」

この問いに、伊塚は一度瞬きしてから頷いた。

「やりがいがあります」

煙草を伊塚に向ける。伊塚は目礼すると一本抜きとり、すかさずこちらにライターの火

のか。

ごくたまにであれば、ライターを常備しているのはなんのためか。あるいは誰のためな
「ごくたまに、です」

「煙草を吸うのか？」

を向けてきた。


「上総が、辛抱強いと褒めていた」

「ありがとうございます。実際は、まだまだですが」

煙を吐き出す傍ら伊塚の返答を耳に、上総から渡された資料にあった組員のプロフィールを脳裏に浮かべる。伊塚の欄には難関の某大学医学部を卒業後、友人である不動清和会系の下位組員の手伝いをしていた際、偶然有坂と知り合ったとあった。

基本的に組員の素性、経歴に関しては詮索《せんさく》しない。裏稼業に足を踏み入れるような人間は誰しもそれなりの事情があるため、組に入ってからの仕事ぶり、向き不向きで判断する。その者が不始末を犯せば、当然連れてきた者も責任を負う。

伊塚の働きは上々だ。

有坂は内心では喜んでいるにちがいない。

「それで？　有坂がどうかしたのか？」

水を向けると、伊塚は困惑を見せる。どう切り出そうか迷っている、というより久遠の

問いかけ自体に戸惑っているようだった。

「……え、あの」

「有坂のことで相談があったんじゃないのか」

「それは……そうですが」

伊塚はそこで口を閉じると、膝《ひざ》に手を置き、唐突にこうべを垂れる。

「お時間をとらせてしまってすみません。出直してもいいでしょうか」

「出直す？」

「はい。俺の――早合点《はやがてん》かもしれないので」

そういう話であるなら、引き止める理由はない。

「ああ」

こちらが頷くのを待って煙草の火を消すと、また深々と頭を下げてから伊塚は出ていった。

咥《くわ》え煙草のままデスクに戻った久遠は、その手で上総に電話をかける。

「有坂はどうしてる？」

真柴と一緒だ、と上総は答えた。

「伊塚は結城組の件から外して、有坂と行動するよう調整してくれ」

『理由を伺っても？』

上総の疑問はもっともだ。が、明確な理由があるわけではない。強いて言えば、伊塚と有坂の間の、もしくは個々の問題を早合点だと言ったあの言葉に違和感を覚えた。有坂からなんの報告も上がってこないことも気になる。

「念のためだ」

それ以上上総が言葉を重ねることはなかった。

『承知しました』

その後久遠は、思考を元に戻す。

上総がなにを危惧《きぐ》しているか、理解しているつもりだ。自分にしても、和孝をどうするべきなのか、常に頭の隅に引っかかっていると言ってもいい。

表面上の静けさはつかの間だ。いずれ悪意は膿《うみ》のように染み出し、放っておけば際限なく広がっていくだろう。

そしてそれは、和孝をも穢《けが》す。

いまや和孝は、裏表関係なく重要な存在になった。

現にこのタイミングで警察——高山《たかやま》は動いたし、三島を始めとする不動清和会の上層部連中、果ては他組織に至るまでその存在を注視しているにちがいない。

できるならこれまでどおり蚊帳《かや》の外に置いておきたかったが、そうもいかなくなった。

無論、誰もが手出ししにくくなったというメリットはある。

半面、隙《すき》さえあれば和孝を利用したいと考える者も多いだろう。拮抗《きっこう》状態を保っているうちはよくても、いったん崩れればどうなるか。

上総が案じているのは、まさにその一点だった。

自分にしても、事故以前ならどうしただろうと考えないわけではなかった。行動は同じでも、そこにはなんらかの意図があったのかもしれない、と。

しかし、迷ったところで時間の無駄だ。

失ったものを惜しんで嘆いたところで意味はない。いまある手持ちのカードで勝ちを獲《と》りにいく、それだけのことだった。

久遠は、立ち上る煙を眺めながら、三島の顔を思い浮かべる。

坊を失った三島は次にどう出るか。そ知らぬ顔を決め込んでいても、そろそろ痺《しび》れを切らしている頃だろう。なんとしても報復に出ようと、躍起になっているにちがいない。自己愛の強い男は、負けることをなにより嫌う。

他人に当たり散らしている姿が目に浮かぶな。

そう呟《つぶや》いた久遠は、天井に向かって丸い煙を吐き出すと、短くなった煙草を灰皿に押しつけた。

これまでの出来事はすべて前座だ。本番に三島はどう出るか。執着している四代目の座をどうやって守るのか。

どこか他人事《ひとごと》のような感覚のなか、新たな煙草に火をつけた。

昨夜のごたごたはまだ噂になっていないようで、幸いにも店は今日も普段どおりの忙しさだった。

十一時の開店と同時に常連客がやってきて、しばらくすると近くのオフィス街からのランチ客で満席になる。それと同時に厨房《ちゅうぼう》は息もつけない忙しさになり、村方《むらかた》が調理の手伝いとたまに接客と、両方をこなしてなんとか切り盛りできていた。

十五時半。昼の部が終わると、休憩に入る。誰ともなしに、自然に昨日の話になるのは致し方のないことだった。

「警察からなにか連絡はありました？」

カウンター席に並んで賄いをとる傍ら村方に問われ、和孝は首を横に振った。通常であれば食事中は不穏な話題を極力避けるようにしている。厭な気分にわざわざなりたくないし、夜の部まで響くようなことになればそれこそ本末転倒だ。

村方も承知していながら持ち出したのは、気にしているからにほかならなかった。

「警察からはなにも。どうやら見た目の印象のまま下っ端やくざみたいなんだけど、どうしてうちに来たのかは、いま調べてもらってるところ」

一気にそこまで説明したところで、自分が故意に久遠の名前を口にしなかったと気づく。津守《つもり》も村方も事情を把握しているとはいえ、普通の店にはやはり不似合いだと感じているのだろう。

昨日の件も含めて、いつなにが起こるかわからないという後ろめたさもそこにはある。ふたりにはこれまでも迷惑をかけてきたし、今後も、となると安易に名前を出していいものか——。

「あ……えっと、久遠さんに調べてもらってる。いま」

だが、あえてそうつけ加える。和孝にしてみればふたりに対する信頼、感謝の念を示したつもりだった。

どうやらぎごちなさが伝わったらしい。村方が小さく吹き出す。

「おい」

すぐに窘《たしな》めたところをみると、津守も変に思ったのだ。わざとらしかったかと急に恥ずかしくなり、和孝は咳払いでごまかした。

タイミングよくパンツの尻《しり》ポケットに入れていた携帯が一度震える。ちょうどよかった。取り出してみると、店のメールフォームからの転送だった。

「めずらしい。予約かな」

予約はほぼ電話で入るため、ＨＰのメールフォームが使われるのは久しぶりだ。

「――――」

が、携帯をチェックした和孝は首を傾《かし》げる。送られてきたメールには件名も文言もなく、ただアドレスが貼《は》りつけてあった。

迷惑メールだろうか。ゴミ箱に移動させようとしたものの、気になって確認してみる。どうやらアップロードサイトのようだが。

「どうかしたのか？」

津守の問いに、わからないと曖昧《あいまい》な返答をする。普通なら一も二もなく無視したはずなのに、状況のせいなのか胸騒ぎがして、迷ったすえにダウンロードした。

なにかの動画だ。

画面が暗いせいで、どこなのか、なんの動画なのかはっきりしない。しかも無音だ。

「迷惑メールだったみたいだ」

失敗した、と思い、すぐに閉じようとしたそのときだった。暗かった画面に赤い光が差し込む。簡素でなにもない四角い部屋の中央に男がひとり、こちらに背中を向ける形で立っているのが見えた。

その向こうには、同じく背中を向けたふたり。こちらは膝立ちになっていて、まるで映画で目にする拷問シーンさながらだった。

ごくりと喉《のど》を鳴らしたのは自分か、それとも手元を覗《のぞ》き込んできた村方なのか。

「……なんですか、これ。気味が悪いです」

そう呟いた村方の声は上擦っていた。

「こんないたずら――」

村方がそこで言葉を切った。語尾が震えたのがわかったが、同じ動画を見ている和孝も同様だった。

立っている男が右腕を上げた途端、その手にあるものが明かりに反射して赤く光った。ダガーナイフだ。

まさか……最悪の予感に冷たい汗が一気に噴き出す。言葉もなく動画を凝視していると、躊躇《ちゅうちょ》なく男がダガーナイフを振るった。

「……嘘《うそ》っ」

村方が悲鳴を上げる。

和孝自身は声も出なかった。

ダガーナイフは正確に捕らえられている誰かの首に刺さり、抜かれ、そこから驚くほど大量の血飛沫《ちしぶき》が噴き出した。

ばたりと被害者が倒れるや否や、隣にいた者も同じ目に遭わされる。あまりに悪趣味だ。気分が悪くなり、ぐっと喉を鳴らしたときカメラが動く。固定でないとすると、もうひとり、撮影者がいるのだろう。

カメラが床に転がった遺体を映し出す。

「こんなの、観るべきじゃない」

携帯を取り上げようとした津守を、

「待って」

和孝は阻んだ。

重なって倒れている被害者たち。ひとりはスニーカーで、やけに小さい。まだ子どもか。

心臓が早鐘のごとく打ち始め、さっと血の気が引いていくのがわかった。

「……そんなっ」

直後、携帯が奪われる。だが、目にしたものは消えない。網膜に焼きついた。

「……嘘だ！　ちがう！」

確認しようと津守の手にある携帯を取り戻そうとする。実際には全身から一気に力が抜け、動けなくなり、床に頽《くずお》れた。

身体《からだ》の震えが止まらない。

頭の中でなにかががんがんと音を立て始め、呼吸もままならなくなる。

「い……いまのは……っ」

切りつけられ、倒れた被害者の顔。大人と子ども。あの顔は――

店内に金属音が響き渡る。いや、金属音ではない。自分の口から発せられた声だ。自身の絶叫する声の恐ろしさに、両手で耳を塞《ふさ》いだ。

「……孝《たか》……弘《ひろ》。父さ……」

苦しさで、視界が霞《かす》む。指先まで冷え、吐き気が込み上げる。

「柚木《ゆぎ》さん！」

肩をぐっと摑《つか》まれ、目線を上げた。目の前にはぼんやりとした誰かがいて、しきりになにか言っている。声は耳に届くが、判然としない。

「俺を見て！　俺の声を聞いて」

至近距離で叱責《しっせき》され、ひゅっと喉が鳴った。それと同時に目の焦点が合い、津守の顔が不明瞭《ふめいりょう》ながらも見えた。

「い……いま……孝、弘と、父さんが……」

飛び散った血。床に倒れているふたり。脳裏で再現され、恐怖で眩暈《めまい》がした。

「柚木さん！　ちゃんと見て」

津守が差し出した携帯から顔を背ける。

「い……厭だっ。見ない……こんなの、嘘だっ」

「ああ、フェイク動画だ」

だが、この一言で視線を戻した。

「え」

「自分の目でちゃんと確認してみるといい。よく見れば、あちこち作りがずさんだ」

「――――」

そうだろうか。俺を宥《なだ》めるために嘘をついているのではないだろうか。

「これ作ったの、素人ですよ！」

村方も津守に同意し、鼻息も荒く吐き捨てる。顔色が紙のように白くなっているところをみると、ショックを受けたのは間違いない。

怒りを滲《にじ》ませている津守と村方を交互に見た和孝は、

「ちゃんと見て」

その言葉に今度は携帯を受け取った。

怖くてたまらない。心臓は痛いほど激しく打っているが、フェイク動画とふたりが言うならそれを信じて、自分の目で確認する必要があった。

床から立ち上がり、動画を再生する。

「……ぐ」

暗い部屋の中、こちらに背中を向けて立つ男が見えた途端、ふたたび吐き気がこみ上げてきた。

懸命に耐え、動画を凝視する。目を覆わんばかりの光景に眩暈がしてふらつくと、すかさず津守が肩を支えてくれた。

「ここ」

津守は映し出された小さなスニーカーを指差す。

「そもそも膝立ちで並んでいるとき、ふたりの体格は同じくらいだった。なのに床に倒れた途端に一回り小柄になる」

確かにそうだ。でも、画面が暗くて不明瞭だからとも言える。

「……っ」

「厭だろうけど、しっかり見て。これ、明らかに身体の向きと顔の向きがおかしいだろ？」

血まみれになったふたりを示され、直視する。指摘されてみれば、津守の正しさがすぐに理解できる。作りがずさんというのもそのとおりで、明らかに合成されたものだ。

「見つけましたよ」

村方がこちらに自身の携帯を出してきた。

「なんとなく見覚えがあると思ったら、ほら、元動画はこれです」

津守とともにそれを確認する。それは古いホラー映画のトレイラーだ。

こちらは明瞭だが、確かにそっくり——まったく同じだった。ちがうのは、恐怖心を煽《あお》る音楽、そして顔だ。

「こんな……っ」

悪趣味では到底すまされない。卒倒するほどの恐ろしさを味わっただけに怒りは大きく、ぎりっと歯噛《はが》みをする。

「誰がなんのためにこんなものを作って送ってきたのか、問題はそこだな」

津守がそう言い、村方が頷く。

「許されませんよ、こんなこと！」

村方が、引き結んだ唇を痙攣《けいれん》させる。村方のこういう顔は初めてだ。

津守もそう思ったのだろう、村方の肩を叩《たた》く。

「それにしてもお手柄だ。よく映画だって気づいたな」

「話題になった作品はB級でも一応観るんです。幸運にも、今回の作品は以前オンライン鑑賞会でみんなで観たものだったので」

「村方の趣味に助けられたよ」

ふたりのおかげで、張り詰めていた空気がいくぶんやわらぐ。といっても、動悸《どうき》や震えはなかなかおさまらない。それだけショックを受けたし、なにより怖ろしかった。

「念のため、なにか変わったことはないか、父親に連絡してみる」

そう言うと、和孝はその場で実家に電話をかけた。電話口に出た義母にまさかそのままを伝えるわけにはいかず、それとなく様子を窺《うかが》う。

「あ……あれから、胃の調子はどうかなって」

どうやら気遣いだと思ったようで、義母はあからさまに声を弾ませた。

『元気よ。ちょうどさっき用事があって電話をしたんだけど、相変わらず忙しくしてて。和孝くんから連絡があったことを伝えたら、きっと喜ぶわ』

さっき電話をしたという一言に、ほっと息をつく。無事であることは確かだ。

「孝弘も、元気？」

『とても。あ、ちょうど帰ってきたわ』

義母のその言葉と、ただいまという明るい声が重なる。ばたばたと足音が聞こえてきたあと、

『お兄さん！』

耳に届いたいつもとなんら変わらない孝弘の声に、和孝は頰《ほお》を緩ませた。

「ちょうど昼休憩で時間があいたから、俺の弟に電話しようかなって思ってさ。愉《たの》しくやってるみたいでよかった」

『うん。あ、そうだ。僕からも電話しようと思ってたんだ。再来週の土曜日に校内の合唱コンクールがあって、お兄さんが来てくれたら嬉しいんだけど』

一生懸命な姿が目に浮かぶ。

「もちろん、喜んで行くよ」

二つ返事で承諾した和孝は、やった！　と喜ぶ孝弘のおかげで、ついさっきまでとは打って変わっていい気分で電話を終えることができた。

「ふたりとも元気だった」

そう言った和孝に、津守が顎《あご》を引く。

「よかったな。あとは、こんな卑劣な真似《まね》をした人間の特定だ」

「ああ」

頷いた和孝は深呼吸をして、冷静に考えようと努力する。

誰がこんな卑劣な動画を作り、送りつけてきたか。心当たりはひとつしかない。無論、久遠絡みだ。

一般人には手を出さないというやくざの仁義など、忘れ去られて久しいと聞く。生き残るためには手段を選ばない、それがいまや裏社会ではまかり通っていると。

もとより自分はとうに一般人とは言えないだろう。なにしろ警察に不動清和会、他組織からも注目されているというのだから。

反して、父親と孝弘はまぎれもなく一般人だ。たとえフェイク動画だとしても、わざわざ自分ではなく家族を使ったからには先方になんらかの意図があるのは確かだった。

「……許せない」

怒りが再燃し、ぎゅっと携帯を握り締める。動画を目にしたときの恐怖は、この先もずっと忘れられそうになかった。

自分はいい。好きで久遠とともにいるし、それによって万が一なんらかのトラブルに巻き込まれるはめになったとしても自身で選んだ道だ。けれど、父親と孝弘はちがう。特に孝弘はまだ小学生だ。

「まさか犯行予告……」

ふと、最悪のケースが頭をよぎり、ぼそりと呟いた和孝は恐怖心で蒼褪《あおざ》める。想像だけで全身に鳥肌が立ち、奥歯ががちがちと鳴った。

「それはない」

津守は即座に答える。断定的な口調はきっと気遣いだろう。

「そもそもこのフェイク動画にしても、悪趣味な厭がらせだ。本気でそうするつもりがあるなら、こんなフェイク動画なんか送ってくる前に実行に移せばいいんだから」

「…………」

津守の指摘はもっともだ。それならば、やはり誰が、なんの目的でこんな厭がらせをするのか、そこが重要になる。

「念のため、定期的に柚木さんの実家の見回りをするように言っておく」

ありがとう、と礼を言う声が掠《かす》れた。衝撃が大きくて、なかなか気持ちを切り替えることができない。

「こんなひどいことをするなんて、絶対犯人を突き止めましょう」

村方が怒りをあらわにし、唇に歯を立てる。

頷いた和孝は、何人かの顔を脳裏に思い浮かべた。

こういうことをやりそうな人間なら、ゆうに片手は挙げられる。そいつらはみな久遠と敵対していて、蹴落《けお》とすためならこの程度の厭がらせは朝飯前だろう。

警察も信じるわけにはいかない。

あの高山という刑事は隙さえあれば木島組を潰すつもりだし、この件で連絡なんかした日にはこれ幸いと取引を持ち掛けてくるに決まっている。

「久遠さんに電話してくる」

津守と村方にそう声をかけ、奥のスタッフルームへ移動する。ふたりの前で話してもよかったが、これ以上感情的になったところを見せるのは憚《はばか》られた。

「久遠さん、いま話しても大丈夫？」

携帯越しでも、声音で異変を察したようだ。

『なにがあった』

久遠に促され、和孝はありのままを伝えた。フェイク動画が送られてきたこと、父親と孝弘の無事は確認できたこと。

「誰か知らないけど、家族に指一本でも触れたら許さない。たとえ相手が三島さんだろうと、俺は刺し違えてでも報復する」

動画を思い出し、ぶるりと身体が震えた。この先なにかあるたびに、自分はあの動画を脳裏によみがえらせては恐怖心に震えるはめになると思うと、ぞっとした。

『実際にやりそうだから困る』

そう言ってきた久遠の声には茶化すそぶりもなければ、呆《あき》れた様子もなかった。きっと表情も変わらず、いつも同様冷静に見えるにちがいない。だが、ずっと傍《そば》にいた自分にはよくわかる。

久遠は、静かに怒っているのだと。

『おまえが差し違える必要はない。動画を送った奴もやらせた奴も俺が見つけて、責任をとらせる』

こういうとき、どう答えるのが正解なのか、もはやどうでもよかった。たとえ間違っていようと、自分の返答はひとつだ。

「必ずそうして」

いや、間違っているはずがない。誰だって大事な家族が命の危機にさらされるとなれば、どんな手を使ってでも阻止しようとするだろう。ましてやそれが自分のせいとなると――とても正気ではいられない。

『怖いか?』

この問いには、正直に認める。

「怖いに決まってる。今回はフェイク動画だったけど、次はそうじゃなくなる可能性だってゼロじゃないんだし」

自分で口にした言葉にショックを受け、唇を引き結んだ。恐怖心がぞわぞわとうなじを這《は》い上がる感触を明瞭に感じ、そこへ手をやって爪《つめ》で引《ひ》っ掻《か》く。

今度はそれが爪の間から侵入してくるような錯覚に陥り、結局、ぐっとこぶしを握り締めた。

『俺が聞いたのはそういう意味じゃなかったんだが』

「……どういうこと?」

『杞憂《きゆう》ならそれでいい』

久遠は一言で片づけたけれど、和孝自身が目をそらそうとしていることを見透かしているのだと気づく。

電話越しであろうと、久遠相手にごまかすのは難しい。

話そうかどうか迷ったのは一瞬で、いまさら格好つけたところでしようがないと、和孝は重い口を開いた。

「犯人を突き止めようとするのは普通だよな? じゃあ、相手が実行に移す前にどうにかしてやりたいって思うのは？」

　大丈夫だと言ってほしいわけではない。ただ、津守や村方に無理を強いているのではないかという危惧がどこかにあった。これまでいろいろなトラブルに見舞われ、片脚どころか腰まで裏社会に浸ってしまっている状況で、知らず識《し》らず感覚がずれていっているのではないか。そんな不安がどうしてもある。

「中途半端だってわかってるんだけど」

　ようはどっちつかずの立ち位置のせいだ。これまでも、安心したくて久遠の言葉を言い訳にしてきた。

　苦い気持ちになり、取り消そうとした和孝だったが、久遠の一言に気が変わる。

『おまえは俺の部下じゃないんだろう？　自分に正直でいればいい』

「好きにしろってこと？　……それってあまりに都合よくない？」

『でもないから、こうして俺に話しているんじゃないのか』

「…………」

　思えば、自分は常に迷っていた。迷いながら意地を張り、精一杯両足を踏ん張ってここまできたのだ。

　久遠の言うとおり、迷わずにいることは自分には難しい。

『怖がるのは悪いことじゃない。なにしろやくざの理屈は、やられたらやり返す、やられなくてもやるだからな』

「なにそれ。ひどい」

確かにそうだ、と口許を歪《ゆが》める。

砂川組しかり、田丸しかり、だ。こちらはなにもしていないのに、自身の得のためや邪魔だからといった理由で安易に第三者を利用し、阻害することを厭《いと》わない。三島もそうだし、フェイク動画を送ってきた奴も同じだ。

平然と一般人を巻き込むやり方はまさに「やくざの理屈」そのものだと言える。

「本当、ろくでもないな」

あえて軽々しく、だからやくざは嫌いなんだと続ける。

は、と久遠は笑い、同感だと答えた。

おそらく記憶があった頃の久遠ならちがう返答になったような気がするが、それこそ無駄な考えだった。もしもあのとき、とあり得なかった過去をいくら想像したところで所詮《しょせん》絵空事だ。

「それはそうと、今日はどうする？」

久遠と話をしたことで多少は気が楽になり、和孝は話題を変える。

『今日は、何時になるかわからない』

「あー……そうなんだ。わかった。だったら俺もさっさと寝るよ」

ここのところ、寝る前のルーティンワークだったレシピノートのチェックを怠ってしまっていた。ふたりで寝室へ入るとそれどころではなくなるのだから致し方ない。

今夜はちゃんとノートを開いて、頭を整理しよう。

自分の本業は料理人だ。やくざの面倒事に振り回されるために時間を費やすなんて、これほどの無駄はない。

「じゃあ、また」

『ああ』

いつものように、あっさりしたやりとりで電話を終える。もっとも、こういうときにはそのほうがいいような気がした。心配事があるとつい久遠の反応を邪推したくなるし、話が長くなればなるほどうっかり口を滑らせかねない。

スタッフルームから店内へ戻ると、久遠との会話をざっとふたりに伝える。フェイク動画の余波は残っていたものの、忘れたふりをしてなんとか普段どおりを心掛け、夜の部の準備にとりかかった。


携帯の動画を確認した上総が眉根《まゆね》を寄せる。

「これが、柚木さんのもとに送られてきたんですか?」

上総が怪訝《けげん》に思うのは当然だ。

「そうらしい」

誰が送ったのかはさておき、誰もが真っ先に「なぜ」と疑問を持つ。和孝を脅すからにはそれなりのメリットがあると送り主は考えたにちがいないが、現時点ではそれ自体なんであるか不明だった。

「愉快犯でしょうか」

上総にしてもそう考えたのだろう、妥当な答えを口にする。久遠自身、可能性としてはそれが一番高いと考えていた。

もし和孝に害をなすつもりであれば、予告など警戒心を抱かせるだけでむしろ逆効果だ。首を突っ込むなという警告だというならまだ理解できる。

「揉め事から遠ざけるため、か」

久遠がそう続けると、上総が眼鏡の奥の目を眇めた。

「榊洋志郎《さかきようじろう》、ですか」

「どうだろうな。当人は?」

「この一週間、体調不良だとかで欠勤しているようです。事務所にはもうひとり弁護士とパラリーガルがいますが、業務に支障が出ているのは間違いないでしょう。外部の助っ人《すけっと》を頼んだらしいので」

体調不良を鵜呑《うの》みにする気はなかった。あの男は目的のためなら突飛な行動に出る。和孝を別荘に拉致《らち》しようとしたこともそうだし、その後木島組に乗り込んできたことにしても無謀極まりない。

それゆえに榊がフェイク動画の送り主である確率は低いだろう。たとえ和孝を危険から遠ざけるのが目的だったとしても、傷つけては本末転倒だ。なにより和孝を優先しようとする男がそういう行動に出るかどうか、思案するまでもなかった。

逆に言えば、業務に支障が出ようと、それが和孝のためになるなら迷わず実行に移す、そういう男だ。

「どちらにしても、送り手になんらかの意図があるのは間違いない」

和孝には送信者を突き止めると言ったものの、現実問題としては困難だった。相手は特定を防ぐための策を講じているはずで、仮に海外のサーバーでも経由されていればほぼ不可能に近い。この件に関してこちらが打てる手は、いささか消極的ではあるものの和孝の家族の身辺に気を配る、それくらいだった。

「いまは——なにが起こってもおかしくないですから」

上総の言葉に頷いたとき、デスクの上の携帯が震えだした。定期連絡の日か、と上総に目線を送ってから電話に出る。

『残念ながら、特に目立った報告はないんですが』

普段から個人契約をしている興信所の所員はそう前置きをすると、本題に入った。

『田丸の坊ちゃんは稲田《いなだ》組の離れに軟禁状態です。おそらく現時点で三代目とは会ってませんね。というより三代目は会う気はないんでしょう』

同情的な物言いには触れず、引き続きの調査を頼んで短い電話を終える。三代目については少しも意外ではなかったし、そうあってほしいというのが本音だった。親子の縁を切ると公言した以上、元不動清和会の会長であるなら容易《たやす》く覆してもらっては困る。

「坊の話ですか?」

「三代目は会ってないそうだ」

どうやら上総も同じ考えらしい。

「それはそうでしょうね」

即答が返る。

「三島さんもよけいな真似をしてくれた」

田丸を無理やり帰国させる必要はなかった。田丸にとっても不動清和会にとっても、そのほうが平穏だった。

もっともその平穏を三島は嫌ったのだろうし、利用価値があると考えたからこそ強引に呼び戻したにちがいないが。

「目くらましが得意の三島さんらしいやり方だ」

これにも同意した上総は、

「三島さんの場合、坊を利用しようという以前に、恩を売れると思っていそうなところが恐いですよね」

頭が痛いと言わんばかりに、首を横に振る。

「あのひとなら、なんでもあり得るな」

実際、三島は本人がそう演出している部分もあって古いタイプのやくざに分類される。慕ってくる者は懐に入れてとことん可愛《かわい》がる一方、そりが合わない相手に対しては手厳しい、じつにわかりやすいタイプだ。

そういうやり方で信奉者を増やしていき、順調に力をつけていった。

だが、上総の話を聞く限りこれと決めつけるのは早計だろう。三島の三代目との関《かか》わり方、木島組や自身に対する態度を確認するにつけ、あの男は臆病とも思えるほど慎重な性分と見て間違いない。

「あれこれ思い出したのに、どういうわけか三島さんに関しては記憶から抜けたままだな」

久遠の軽口に、上総が唇を左右に引いた。

「脳が拒否しているんでしょう」

「かもな」

上総にはそう答えたが、内心は多少ちがう。

先代の木島が情に篤《あつ》く、まさに昭和のやくざそのものだったこともあり、久遠自身は昔の三島に悪印象を抱いていなかった。それが覆ったのは現在の三島と接し、本心を知ってからのことだ。

もっとも木島はいささか優しすぎたせいで苦労も多かったため、やくざとしては三島が正しいのだろう。

無言で煙草に手をやると、それを見た上総は目礼して去っていく。ひとりになった久遠は、木島のことを考えた。

記憶をなくしたせいで、木島の死は寝耳に水だった。布団の上で、大勢の組員に看取《みと》られたという話はやくざの生き方としてはどうであっても木島本人は満足したはずだ。そういうひとだった。

だからこそ、目の前にいた人間が突然消えたような感覚が否めない。

――親父《おやじ》さんは、思い残すことはないとおっしゃってました。言葉どおり、最期は安らかな顔でしたよ。

上総のあの言葉が救いだ。

組員になると直談判《じかだんぱん》した際、反対されたことを思い出す。大学進学を強く勧めてきたのも、留学の話を後押ししたのも木島だった。

酒に酔うたびに木島は父とのつき合いについて話してくれた。いつだったか他校の生徒数人に絡まれたとき、当初単なる高校のクラスメートだった父が、機転を利かせて救ってくれたのだ、と。

愉しそうな木島の様子に、それくらいで気を許したあげく、息子の面倒まで見るのかとむしろ驚いた。事実、親しかったのは高校時代だけで、卒業したあとは盆暮れの挨拶《あいさつ》程度で、顔を合わせたのも二十年あまりの間に数回だったというのだから。

いまの自分があるのは木島の尽力のおかげだ。

木島が残してくれたものの重さを、ひしひしと実感している。

「――寂しくなりましたよ」

親父さん、となにもない宙へ向かって呟いた久遠は、木島の好きだったマルボロを吹かしながら、いまだけはと思い出に浸ることを自分に許した。

3

一台のタクシーがスピードを緩め、路肩に停《と》まる。

「ここ入ると行き止まりなんで」

降りてきたのは、スーツ姿の男だ。

スーツを着ているからといってビジネスマンとは限らない。派手な腕時計に目を落としつつ細い横道へ入っていくその姿はホストさながらにも見えるが、それもちがう。木島《きじま》組の中堅組員、真柴《ましば》だ。

時刻は深夜十一時五十分。

あと少しで日付が変わる頃だが、むしろ今夜は早いほうで、斉藤《さいとう》組のシマを吸収して以降は午前様になる日も少なくなかった。

「いや～、お月さんが綺麗《きれい》だね」

自宅のあるマンションを目指して歩く傍ら、その目はくっきりと浮かんだ半月を捉《とら》える。仕事終わりの解放感からか、冷たい夜風を気にする様子もなく、真柴はのんびりと歩を進めていった。

ムードメーカーのおまえが若い奴《やつ》らを引っ張ってやってくれ――若頭である上総《かずさ》が真柴

にそう言ってから数年。

組の雰囲気は現在が一番いいと、みながそう感じている。

周辺が騒がしければ騒がしいほど、組内は結束していく。全員が我が組長をてっぺんに押し上げようと、同じ方向を向いているのだから当然と言えば当然だ。

言わずもがな、真柴の功績も大きい。

上総も真柴の仕事ぶりには大いに満足しているにちがいなかった。

「ていうか、うちの親分のほうが会長の器でしょ」

なあ、と月に向かって声をかけた真柴は、マンションまであと十メートルほどの距離になったところでポケットから鍵《かぎ》を取り出した。

誕生日に若い奴らからプレゼントされたブランドもののキーホルダーにつけた鍵を指でくるくると回しながら、なおも歩くこと数メートル。

どん、と背中に黒ずくめの男がぶつかった。

反射的に真柴は振り返ったが、視界に入ったのは謝りもせずに足早に立ち去る黒い背中だけで、なにをそんなに慌てているのか、男の姿は駆け足で夜の街へと消えていった。

「……なんだよ」

首を傾《かし》げた真柴が左の脇腹《わきばら》に手を当てたのは、直後だ。次にはその手をじっと凝視し、

「……マジか」

頬《ほお》を強張《こわば》らせた。

それもそのはず、手のひらはべっとりと血で濡《ぬ》れている。ど、どっとまるでポンプでもついているかのように傷口から血があふれ出ていた。

「あ、の野郎……どこのどいつだっ」

とっ捕まえてやる。ただじゃすませねえ。

怒りもあらわに吐き捨てたのもつかの間、現実には追うどころかその場に立っているのが精一杯で、ふらふらと足元をよろめかせる。

このままではまずいのは確かだ。

「やべえし」

真柴は倒れ込むように縁石に腰かけると、ポケットを探り携帯を取り出した。

小さく呼び出し音が響き、二回で途切れた。

『帰ったんじゃなかったんすか？』

電話をかけた相手は、どうやら沢木《さわき》らしい。こほっとひとつ咳《せき》をした真柴は沢木の名前を口にすると、胸を喘《あえ》がせながら掠《かす》れ声を発する。

「じつはさ……いま家の近くなんだけど」

『なにかあったんすね』

沢木はすぐに異変を察したようだ。

「刺されちまって……」

が、ここまでは想定していなかったのかもしれない。

『え』

携帯の向こうが一瞬静かになる。それだけ沢木が驚いたという証拠だ。

『すぐ行きます』

「……悪《わり》ぃな。ああ、誰にも言うなよ。大げさにしたくねえし」

真柴が携帯を耳から離した。ポケットに戻そうとしたようだが、それすらできず、だらりと手が地面に落ちる。

「マジで、やべえ……」

声が出たのは、それが最後だ。

その手から携帯が転がったかと思うと、縁石に腰かけた姿勢のまま真柴は意識を失っていた。


ちょうど同じ頃、水元《みずもと》はアパートの一室にいた。

両手を背中で拘束された格好でパイプ椅子《いす》に座らされ、口をガムテープで塞《ふさ》がれたあげく頭からスーパーのレジ袋を被《かぶ》せられている。下は結ばれていないが、呼吸をするたびに袋が鼻に貼《は》りつき、時折苦しそうな呻《うめ》き声が狭い室内にこだました。

水元が襲われたのは一時間ほど前になる。

帰宅途中に背後から頭を殴られ、昏倒《こんとう》し、たったいま気がついたのだ。

誰だと問おうにもガムテープのせいで言葉にならない。殴られた頭が痛むのか、それとも息苦しさのせいか肩は大きく上下している。

その傍《そば》に立っているのは、長身の男だ。

ラフなスウェット姿からすると、やくざというより半グレか。革のグローブをつけた両手を揉《も》むが早いか、口許《くちもと》に笑みさえ浮かべて容赦なくこぶしを振るう。

「うぐ……っ」

がしゃんと大きな音を立てて、パイプ椅子ごと水元が床に倒れた。

一度は起こそうとした男も面倒になったのか、ちっと舌打ちしたあと今度はその手に金属バットを握る。

一時間前に使われたのも同じバットなのか、先端には血がこびりついていた。

「悪く思うなよ」

男が発したのはたった一言だ。

金属バットは、容赦なく転がっている水元目がけて振り下ろされる。

「……うぅぅ」

骨の折れる鈍い音。水元がガムテープの下で叫びながらもんどりうつ。その姿は弱った蛙《かえる》そのもののように男の目には映ったのだろう。

「ゲコ」

そう揶揄《やゆ》し、昂揚《こうよう》のために充血した双眸《そうぼう》をらんらんと輝かせると、嬉々《きき》としてまたバットを振りかぶった。


「失礼します」

ノックもせずに部屋に上総が飛び込んできたのは、フェイク動画を見せてから数時間後、深夜一時を過ぎてすぐのことだった。上総の狼狽《ろうばい》ぶりでただ事ではないと悟り、

「なにがあった」

瞬時にいくつか想定しながらそう質問した久遠《くどう》だったが、耳にしたのはなかでも最悪の答えだった。

「真柴が刺されました。すでに意識がなかったそうで、いまオペ中だと沢木から連絡が入りました」

上総の説明を受ける間にデスクを離れ、部屋を出てエレベーターで階下に向かう。

「それから、水元と連絡がつきません。なんでもないといいのですが。とりあえず私は病院に向かいます。あなたは――」

「ここに残ろう」

一階に到着すると、上総は外へ、久遠は事務所へ足を向けた。

深夜にもかかわらず数人の組員たちが残っているが、いまの話をまだ聞かされていないのだろう、普段どおり賑《にぎ》やかで活気に満ちていた。

「あ、お疲れさまです！」

みなの視線が一斉にこちらへ向く。

状況を告げるため、あるいはなにか気づいたことはないか問うために事務所に顔を出したものの、組員を前にして躊躇《ためら》いが生じた。

組員同士の繋《つな》がりは強い。

特に真柴は若い奴らから慕われ、上からは可愛《かわい》がられている。真柴が刺されたと伝えた場合、どんな反応があるか、想像するのは容易《たやす》かった。

とはいえ、隠し通せるものではない。

「いくつか話がある」

言葉を選びつつ切り出す。

真剣な顔つきになるみなの顔をそれぞれ見渡したあと、先を続けて言った。

「水元と連絡がつかないらしい。心当たりはないか？」

どうやら誰も知らないようだ。

怪訝《けげん》な顔をするだけで、口を開く者はいない。

「それから、真柴のことだが」

真柴の名前を出した途端、どこか明るい雰囲気になったのはけっして勘違いではないだろう。ムードメーカーと言われるだけの役割を真柴が果たしているという証《あかし》だ。

「帰宅途中に何者かに襲われたらしい。沢木が病院に運び込んで、いまオペの最中だと報告を受けている」

事実だけを簡潔に口にすると、一瞬、場が凍りつく。数秒後、この場の全員が同時に言葉を発した。

「え、襲われたってどういうことなんですか」

「真柴さんは、無事なんですよね」

「いったいどこのどいつが真柴さんを……っ」

戸惑い、憂慮、怒り。口々に思いをあらわにする組員らを、久遠は右手で制する。静かになったのは表面上だけで、みなの動揺が如実に伝わってきた。

「詳しいことはわかっていない。いま上総が病院に向かったところだから、すぐに連絡が来るはずだ」

意識がなかったという話は故意に省いた。詳細が不明なうちからいたずらに不安を煽《あお》らないためで、久遠自身、今後の対処を熟考する必要があった。

「わかっていると思うが、勝手な真似《まね》はするな。相手が誰であれ、木島組の統率を乱すのが目的だろう。先走って動けば、その時点で先方の思う壺《つぼ》になる」

いいな、としつこいほどに念押しする。

動揺をあらわにしつつも、全員が頷《うなず》くのを待って、久遠は事務所をあとにした。ちょうどそのタイミングで連絡が入る。

電話をかけてきたのは上総だ。

『まだオペは終わってませんが、沢木の話を聞く限り刺されたのは脇腹で、かなりの出血があったようです。病院に着いたときには呼吸が止まっていたそうで――状況は深刻だと』

語尾が掠れたのがわかった。上総の狼狽《ろうばい》はそのまま真柴の厳しい状況を表しているのだと察するには十分だった。

『そちらはいかがですか』

「残っている者には話した。有坂《ありさか》には、俺から連絡する」

『よろしくお願いします』

上総との短い会話を終えたあと、三階の自室へ戻る。

部屋に入るや否や、こぶしをデスクに叩《たた》きつけた久遠は、一度深呼吸をしてから有坂に電話をかけた。

『なにかありましたか』

予定にない深夜の電話を有坂が訝《いぶか》しむ。すでに声音は硬く、眉間《みけん》に縦皺《たてじわ》を刻んで身構えている様子が手に取るようにわかった。

「真柴が刺された。いまオペ中で、上総と沢木がつき添っている」

『は？』

笑ったように聞こえたのは、信じたくない心の表れにちがいない。

『ちょ……ちょっと待ってください。オペ中って、どこ刺されたんですか。オペって言っても、掠り傷なんでしょ？』

有坂はその後も半笑いで問うてくる。

そうだと返せたならどんなにいいかと思いつつ、久遠はまったく反対の返答をするしかなかった。

「刺されたのは脇腹らしい。出血も多かったと聞いた」

『……っ』

有坂が絶句する。

しばらくして聞こえてきたのは、『許さねえ』という荒々しい声だった。

『うちに手を出したらどうなるか、目にもの見せてやりましょう。真柴が目を覚ましたときの土産《みやげ》話になるように。もし……もし、真柴に万が一のことがあったときは……そんときは俺が仇《かたき》をとってやる……っ』

後半は、絞り出すような声になっていた。有坂のみならず、組員全員が同じ思いだろう。

先刻みなには勝手な真似をするなと釘《くぎ》を刺したが、完全に制するのは難しい。木島組には準構成員もいれば、それぞれ面倒を見ている若者たちも大勢いる。特に真柴は若者たちと親しく接していた。

彼らまで止めるのはほぼ不可能だ。

『とりあえず、これから俺も組に戻ります』

「ああ」

水元と連絡がつかないことについては、戻ってきてから話そうといったん電話を切った。

単に寝入っていて着信に気づかないのであればいいが——というのが単なる願望でしかないと久遠自身が気づいていた。

組員が十五分を超えて不通になることはない。水元に限らず、不測の事態にも即刻対処できるよう組員は常時電話には気を配っているし、仮にそのとき都合が悪かったとしても十五分以内に折り返し連絡を入れる。それは組の不文律だ。

現時点で梨《なし》の礫《つぶて》である以上、水元の身になにかが起こったのは間違いなかった。

誰がなんの目的で。

久遠はデスクに腰かけ、脳内で思い当たる顔を片っ端から挙げていく。冷静になるためにあえてそうしただけで、実際はひとりしかいなかった。

斉藤組の暴挙に見て見ぬふりを決め込み、これ幸いと自分を若頭の座から下ろそうとした男――。

斉藤組の件にしても、言葉巧みに陰で瀬名《せな》を煽っていたとしても驚かない。なにしろこのタイミングで田丸慧一《たまるけいいち》を呼び戻したくらいだ。

田丸を横から奪われ、よほど癇《かん》に障ったのか。もはや陰に隠れているつもりもないらしい。

三代目の息子を三島《みしま》が呼び戻したことも、現在稲田《いなだ》組で軟禁状態にされていることも、すでにみなの知るところだ。

「こんな時期に、こうまで直球で来るとは」

斉藤組の件が片づき、小笠原《おがさわら》が表舞台で精力的に活動し始めたことで、不動清和会《ふどうせいわかい》内も対外的にも一応のケリはついた。裏社会も警察も水面下でせめぎ合っている現状でこうもあからさまなやり方をするには、なんらかの考えがあってなのか。

三島は、負け戦《いくさ》をするような男ではない。

とはいえ、代償が大きすぎる。仮にうまくいって木島組を蹴落《けお》とすことができたとしても、会内で不要な争いごとをしかければ会長であろうと例外なく裁かれる。会則を破った、それは裏切り行為も同然と見なされ、みなの不信感を買う。

執着している四代目の座にしても、たちまち砂上の楼閣同然となるだろう。

それらすべてを引き換えにしてもいいほどの利点が三島にあると？

苛立《いらだ》ちに任せ、知らず識《し》らずデスクを指で叩いていた。ずきりと痛んだこめかみを揉み、久遠は感情を切り捨てるために一度頭の中を空っぽにする。

その後、事実のみを脳内で並べていく作業に集中しようとしたが、うまくいかず、どうしても携帯を手から離す気にはならなかった。

4

翌日、部屋を訪ねてきた久遠《くどう》に、和孝《かずたか》はさっそくフェイク動画について切り出す。本音を言えば思い出したくもない動画など即座に消去したかったけれど、証拠として役立つかもしれないからと、我慢しているのだ。

「なにかわかった？」

返答までに間が空く。

久遠にしてはめずらしい。答えの如何《いかん》にかかわらず、普段迷いがなく簡潔なだけによほどのことがあったのかと疑念が湧《わ》くのは致し方なかった。しかもいまは、父親や孝弘《たかひろ》の身の安全がかかっている。

「隠し事はやめてほしい。俺なら大丈夫。知らずにいるほうがよっぽど怖い」

コートをハンガーポールにかけたあと、久遠に詰め寄る。煩わせたくない気持ちはあるものの、動画から犯人を探るのが絶望的だという状況だけに、久遠を頼る以外なかった。

「まだ調査中だ」

だが、久遠の答えは期待していたものとはちがった。さまざまな状況を鑑《かんが》みれば証拠はなくともおおよその見当はつくはずなのに、それをいま久遠が言わないのは、今後もそのつもりがないという意味だろう。

「俺の家族が関係してるのに、結局、こうなるのかよ」

苛立《いらだ》ちを久遠にぶつける。久遠にも事情がある、なんて物分かりのいい人間には到底なれそうになかった。

「本当、最低。潰《つぶ》れちまえ」

やくざなんて、と吐き捨てる。

自分たちのなかだけの常識を振りかざし、それを当たり前だと思っている。目的のためなら平然と他人を騙《だま》し、排除する。

欲の前には、ひとの気持ちなんて塵芥《じんかい》も同然なのだ。

「言ってくれる」

わずかに不穏な目つきになった久遠に怯《ひる》んだのも一瞬、言うよと返した。久遠を責めたところでしようがないと承知していても、不安のせいで気が焦るばかりだった。

「だいたいいまは手を出したくても出せないんじゃなかったのかよ。どいつもこいつも、自分さえよければいいって?」

感情に任せて捲《まく》し立てるように悪態をつくと、いくらか溜 飲《りゅういん》が下がった。

それがわかっているから、久遠も大目に見てくれるのだろう。

「で?」

冷蔵庫からビールを取り出しながら問う。

「そっちはどう？　俺に話せることはない？」

久遠の口数が少ないのは、いまに始まったことではない。最近は会話のキャッチボールができるようになったほうで、昔は一緒にいてもほとんど話さなかった日もあったくらいだ。

「いまは」

「そっか。俺には言えないほど深刻ってわけか」

これでも多少は久遠を理解しているつもりだ。少しでもわかろうと些細《ささい》な表情やちょっとした仕種《しぐさ》を観察してきたおかげと言ってもいいだろう。

玄関から入ってきた久遠の顔を見た瞬間、なにかあったと本能的に察した。

「そう見えるか？」

意外だと言わんばかりに問うてきた久遠には、一も二もなく頷《うなず》く。

「見える」

「よくわかるな」

「そりゃあ、こっちはずっと必死だったし」

内心で自画自賛しながら。もう無理とあきらめるチャンスはいくらでもあったのに、結局、いまだここにいる。「必死」で踏ん張ってまで、傍《そば》にいたかったのだからしようがない。

「――そうか」

久遠は一言だけ返し、ほんの少し表情をやわらげた。いまはそれが救いになる。

テーブルに向かい合って座ると、「お疲れさま」と労《ねぎら》いの言葉をかけてから和孝はグラスに口をつける。冷たいビールの苦味と喉越《のどご》しが、今夜はやけに味気なく感じられた。

夜食も同じで、アスパラガスと帆立てのバター炒《いた》めを摘《つ》まんではみたものの、結局ビールで流し込むような始末だった。

「なんだか――どうなるんだろうね」

やはり、これこそが本音だ。

久遠に任せていればなんとかしてくれるはず、それは間違いないだろうし、信じてもいる。一方で、今回の件も含めて先行きの不安はどうしたってなくならない。なにかあるたびに自分は、もしかして、たとえば、仮に、と無意味と承知で次から次に悪い想像ばかり頭に思い浮かべるのだ。

「もし孝弘になにかあったら……俺はなによりそれが怖い。ずっと傍にいたいけど、そんなことをしたらよけいに悪いことが起きそうな気がして」

同じことを久遠に対しても常に考えている。もし自分が久遠の足枷《あしかせ》になったら、自分のせいで久遠の身に危険が及んだら。

黙って聞いている久遠に、あえて軽々しく肩をすくめてみせる。

「もしもの話をしてもしょうがないって言わないんだ？」

「それで気が晴れるなら、いくらでも」

「いい」

上《うわ》っ面《つら》だけの慰めなど意味がない。首を横に振ると、久遠がグラスをテーブルに置いた。

「守りたいものがあるなら、怖いのは当然だ」

言葉以上に、静かな、低い声が耳に響く。どんなときでも変わらない、それがどれほど心強いか、あらためて実感する。

「久遠さんも？」

「そうだな」

久遠のイメージと、怖いという言葉の印象はかけ離れている。しかし、組を預かっている立場として常に気を張っているのは確かだ。

「久遠さんの肩に、みんなの人生がかかってるもんな」

自分ひとりですらままならないのに、他人の人生まで背負わなければならないなんて──想像しただけでぞっとする。

しかも組員のみならず、その家族の人生までのしかかってくるのだ。

「組だけのことじゃないんだが」

「もしかして、俺?」

自分を指差し、問う。

「意外そうだな」

「意外っていうか、いや……でも」

久遠が守ろうとしてくれているのは無論わかっている。津守綜合警備保障《つもりそうごうけいびほしょう》に警護を頼んだこともそうだし、引っ越し先に品川《しながわ》のマンションを提案したのも、頻繁に通ってくるのも、久遠なりの配慮だと。

「だったら、俺を閉じ込めようとかは思わないんだ」

久遠がその気になれば造作なく実行できるはずだ。それがもっとも手っ取り早いし、無理やりでも捕らえてどこかに放り込むだけで事足りる。実際、過去にはそういう意味の脅し文句を吐かれたこともあった。

だが、この局面に至って久遠はそのことを匂《にお》わせもしない。ここまできたからだとしても、それは相手も同じで、なりふり構わず乱暴な手段に出る可能性だって大いにあるのだ。

だからこそ、今回のフェイク動画ではないかと和孝自身は疑っている。

「そうしてほしいという意味か?」

「そんなわけない。ただ、久遠さん自身もいろいろあるし、どうしてなんだろうって」

いまだ記憶を取り戻していない状況で、とニュアンスに込める。

思案のそぶりを見せた久遠が、ふっと口許《くちもと》に嗤笑《ししょう》を引っかけた。端整な顔に一瞬だけ剣呑さが覗《のぞ》く。

どこか愉《たの》しんでいるようにも嘲《あざけ》っているようにも、いっそ投げやりにすら見えるそれにふと不安がこみ上げ、反射的に身を乗り出した。すぐに椅子《いす》の背凭《せもた》れに身体《からだ》を戻したが、久遠には伝わってしまったらしい。

「心配しなくていい」

そうつけ加えたときにはいつもの久遠に戻っていた。

「……あ、うん」

それでもなお歯切れの悪い返答になったという自覚はある。以前の久遠は当事者でありながら、どこか達観している部分が見受けられた。客観視するために意図的だったのか、それとも事実そうだったのかはわからないが、木島《きじま》組にとって久遠のそんな部分が奏功していたのは間違いない。

ひるがえっていまは、三島《みしま》への対抗心が感じられる。もしかして久遠のなかでは五代目になること以上に、三島を蹴落《けお》とすことが目的になっているのかもしれないと思うほどだ。

以前といま、どちらが木島組のためになるのか、所詮《しょせん》部外者の自分には知りようがないが、疑心暗鬼になるのはどうしようもなかった。

久遠の記憶は、いまだ不完全なのだから。

「和孝」

久遠は椅子を引き、こちらへ向かって両手を広げる。

「………」

そんな気分じゃない。

顔をしかめることで拒んだつもりだったのに、なおも視線で誘われて固辞するのは難しかった。渋々の体《てい》でのそりと椅子から立ち上がり、歩み寄る。

どうやら思っていた以上に効果はあったようだ。大腿《だいたい》を跨《また》いで肩に顎《あご》をのせた途端、ふわりとマルボロと整髪料の混じった匂いがして頬《ほお》の強張《こわば》りが溶けていく。肩口に鼻先を埋《うず》めた和孝は、現金な自分を笑うしかなかった。

「閉じ込めないのはどうしてか——そういえば、上総《かずさ》や鈴屋《すずや》からも聞かれたな」

「……なんだよ、それ」

気遣いだとわかっていても、素直に受け止められない。津守や村方《むらかた》が案じてくれるのとはわけがちがう。上総や鈴屋の心配を嘘《うそ》とまでは言わないが、彼らにはそれぞれ思惑があり、目的を果たすためによけいなものを排除するという前提が透けて見えるからだ。

「三、四日ならそれもいいだろう。だが、実際そううまくはいかない。一週間になるか、一ヵ月になるか、それ以上か。いつまでと区切れなくてもおとなしく閉じ込められるか?」

「無理」

無期限休業なんてできるわけがない。Paper Moon《ペーパームーン》はもちろんのこと、月の雫《しずく》についても具体的な準備を始めなければならない時期だ。

仕事は、店は自分ひとりの問題ではなく、津守や村方、宮原《みやはら》等、多くの人たちの思いが詰まっている。

みんなの気持ちに応《こた》えたい、それが自分が店を続ける一番の理由だった。

「だろう?」

「そうだけど。俺のことよく理解してるって言ってるみたいに聞こえる」

忘れたくせに、と遠回しに皮肉を言ったところ、久遠がふっと片笑んだ。

「理解、か」

久遠の唇が首筋に触れてくる。くすぐったくて思わず肩を跳ねさせたが、そのまま構わず久遠は先に進んだ。

「うちにやってきていきなり不満を垂れ流したあげく、名前を聞いてもそっぽを向いて帰っていくような奴《やつ》という意味の理解なら、五分もあれば十分だった」

「――――」

耳の痛い一言に、ぐっと喉が鳴る。

「へえ。それは物分かりのいいことで」

言葉にされると、結局自分はこんなものだと気づく。乗り込んだり、逃げ出したり、いったい何度くり返したか。

気恥ずかしさからふいと顔を背けたところ、長い指が髪に触れてきた。

「中途半端にかくまうくらいなら、みなの目の届くところのほうが安全だ。フェイク動画の件にしても、実際に行動に移すとなると簡単じゃない。リスクが大きすぎる」

久遠の話はわかりやすいうえ、納得できるものだった。警察の目を掻《か》いくぐって一般人を拉致《らち》するなど割に合わない。得るものは少なく、我欲のためならなにをするかわからない奴だと自らアピールするようなものだ。

もっともそこまで頭が回らない連中もいるから、警戒の必要があるのだろうが。

「だな」

ありがとう、と小さく呟《つぶや》く。くしゃりと髪を乱してきた久遠に、和孝は頬を緩めた。

記憶が戻らなくても、久遠は久遠だとあらためて実感する。たまに記憶障害があることを忘れるほどだ。

たとえば、いまのような触り方。大きな手で髪に触れてきて、指で梳《す》き、乱す。記憶があってもなくても、昔からずっと同じだ。

「落ち着いたか？」

「とりあえずは」

そう言って、久遠の頰に口づける。そのまま舌先で辿《たど》っていき、下唇を食《は》んだ。

「なんだ。褒美か？」

笑みを浮かべた久遠が首を傾け、唇を合わせてくる。何度も触れ合わせながら、そうだね、と和孝もほほ笑んだ。

「もっといいご褒美が欲しい？」

「答えるまでもないな」

その言葉を聞き、一度口づけを解いた和孝は、なにも言うなという意味で久遠の唇に人差し指を当てる。そしてすぐに椅子から降りて床に膝《ひざ》をつくと、久遠のスラックスの前をくつろげにかかった。

頭をもたげつつある久遠自身を前にして、吐息がこぼれる。情動のまま顔を近づけ、唇を寄せた。

「……ふ」

先端に口づけ、口中へ迎え入れる。そのときには久遠のものは硬く勃《た》ち上がっていて、よくなってほしいという気持ちを込めて口淫《こういん》をする。

髪に久遠の手が触れてきたとき、その行為に夢中になっている自分に気づくと同時に、ひどく昂奮《こうふん》していることも自覚した。

「和孝」

なにしろ名前を呼ばれただけで、ぞくぞくとした痺《しび》れが背筋を這《は》い上がってくるほどだ。きっと久遠を見上げた自分の顔は欲情に満ち、その目は潤んでいるにちがいない。

「あ……」

脇《わき》を掴《つか》まれ、抱え上げられる。熱中していた行為を邪魔され、反射的に不満の声を漏らしたが、すぐにそれどころではなくなった。

手早くニットを脱がされたかと思うと、肌を大きな手のひらでまさぐられる。それとともにあちこちに唇を押し当てられ、自然に腰が揺れた。

パンツを脱がしにかかる久遠に協力し、裸になるといっそう歯止めはきかなくなる。久遠にしがみつくと、たったいま自分が育て上げた屹立《きつりつ》に自身を擦《こす》りつけ、さらなる行為をねだった。

「寝室に行くか?」

普段より甘さの含まれた声音で問われ、一瞬迷ったすえに頷く。このままここでしたいと返すつもりだったけれど、後々のことを考えれば寝室に移動したほうがなにかと楽なのは間違いない。

久遠もそう思うから聞いてきたのだろう。

すぐに寝室へ向かうと、久遠はベッドの上に和孝を下ろす。そして、身につけていた邪魔な衣服をすべて脱ぎ捨てると、サイドボードの抽斗《ひきだし》の中の潤滑剤とコンドームをベッドの上に放り投げてから肌を重ねてきた。

心地いい重みに、ほっと息をつく。身体の硬さ、肌の感触、体温、匂い。なにもかもが気持ちよくて昂奮する。

「それ、切らしてなかったっけ」

前回潤滑剤を用意したのは久遠だ。確かそのとき使い切ったはずだったが。

「ひとつはな」

「あー、そういう」

複数用意しているという意味だとわかり、急におかしくなって吹き出す。

「いや、どれだけ消費が早いんだよ」

頻繁に会っているぶん、比例して使う頻度が多くなるのは当然だとしても、だ。

「ていうかさ。みんな、会うたびにこんなにやってんのかな」

他のカップルはどうなのかと、いまさらの疑問を口にする。自分たちに限っていえば、互いの部屋に行き来してなにもしない日などまずなかった。

「やってるんじゃないか？」

あからさまに適当な答えが返る。どうでもいいと言いたげだ。

「ほんとかよ」

「やらない理由があるか？」

逆に問われて、確かに、と納得する。ふたりきりでいるのに、なにもしない理由はない。

それに、実際どうでもいいことだ。他の人たちがちがったとしても、自分たちが変わるわけではないのだから。

「こういうのって」

もしかして環境が影響するものなのか。以前耳にした、男は死に際に勃起《ぼっき》するという話のとおり、不安定な環境にあると性欲が高まるものなのか。

などと問おうとした和孝だったが、久遠に口を塞《ふさ》がれたせいでできなかった。

「……ん」

異論はない。話をするのは他の機会でもいいし、いまは情動に任せてしまいたかった。

口づけからやり直し、徐々に熱を込めていく。身体じゅう触られてないところはないというのに、毎回痛いほどに胸が高鳴った。

「うあ」

胸を手のひらで揉《も》まれ、そのまま尖《とが》りを撫《な》で回された。普段は意識していない場所が、久遠にそうされた途端、性感帯に変わる。

「あ、あ……」

下りていった唇にそこを食まれると、明確な快感が腹の底からこみ上げてきて、半ば無意識のうちに胸をそらす格好になっていた。

胸を舌先で弾《はじ》かれ、舐《な》められながら手で中心を愛撫《あいぶ》されるとひと溜《た》まりもない。あっという間に終わりが近くなるが、次第にそれだけの刺激では物足りなくなるのはどうしようもなかった。

「……久遠、さん」

早くという期待を込めて名前を呼び、先を促す。

久遠は和孝の前髪を掻き上げ、額に口づけてから一度性器を慰めたあと、後ろへ指を滑らせてきた。

「しっかり開いててくれ」

その言葉とともに入り口に触れてきた指はすでに濡《ぬ》れていたが、さらに脚を開かされて潤滑剤が足される。

これだから減りが早いんだと思ったのは一瞬で、そんな余裕はすぐになくなった。

「ふ……う、ぅん」

浅い場所を刺激してきた指が、奥まで挿入される。慣れた身体は異物を拒むことなく、誘うような動きすらする。

「そんなに吸いつかれると、無理やりにでも挿《はい》りたくなるだろう?」

少し声が上擦っているのは、久遠も昂揚《こうよう》しているからにほかならない。大腿に擦りつけられたせいで、和孝のほうが我慢できなくなりそうだった。

「あ、ぁう……」

結局、音を上げたのは自分だ。

長い指で中を探られ、抽挿されるとたまらなくなり、久遠のものに手を伸ばす。そうする傍らいっそう股《また》を開き、それを入り口へ導いた。

「まだきついと思うぞ」

これには、首を横に振る。

「きつくても、きっと、すごくいい」

ふっと久遠が片笑んだ。

「俺のそそのかし方をよく知ってるって?」

「当然」

久遠が自分の身体を隅々まで熟知しているのと同じだ。どう誘えばいいか、どうしたら悦《よろこ》ばせられるか、久遠の好みはおおよそわかっている。

「こういうの、好きだろ?」

ついでにサービスとばかりに片脚を上げてみたが、どうやら正解だったらしい。

「そうだな。たまらなく好きだ」

吐息をこぼした久遠に、うまくいったと和孝は両手を広げてなおも誘った。

「あ――」

入り口に熱い屹立が押し当てられる。入り口を割り、中へと挿ってくるその衝撃で無意識のうちに腰が逃げるが、実際は少しも動けない。久遠に引き寄せられ、無防備に奥までさらすしかなかった。

「だから言ったのに」

気遣うような声音に反して、久遠は強引に内側を進んでくる。確実に深い場所まで挿ってくると、褒めるかのようなやり方で頰を何度か撫でてきた。

「ん……」

唇にも触れてきた指を、半ば無意識のうちに咥《くわ》える。舌を絡めているうちに身体も久遠の存在に慣れ始め、さらなる刺激を欲し始めるのだ。

「ふ……ぅん」

「吸い尽くされそうだ。指も、ここも」

「あ」

軽く揺すられ、濡れた声がこぼれ出た。脳天まで痺れるような愉悦に、和孝は久遠を抱き寄せると愛《いと》おしさのまま口づけた。

そうしながら、自分でも腰を揺らめかせる。繋《つな》がった場所からもたらされる快楽は眩暈《めまい》がするほど強烈で、全身に広がっていく。

「ぁ……いい……」

後ろを穿《うが》たれ、久遠の硬い腹で性器を刺激されるとあっという間に絶頂が近くなる。なんとか引き延ばそうとしても、身体が溺《おぼ》れて抗《あらが》えない。

「すご……っ」

「ああ、すごいな」

「久遠……さ……久遠さ……っ」

久遠を見つめ、何度も名前を呼んだ。なにも考えずに自分をさらけ出し、ひたすら愛しい男だけを感じる。

この瞬間はなににも代えがたい。

「久遠さん……」

奥深くまで押し入ってきた久遠が、行為の激しさとは裏腹に唇を優しくこめかみに触れさせてきた。

「――和孝」

名前を呼んでくる声もやはり優しさにあふれていて、胸を熱くした和孝は両腕で抱きつくことで想《おも》いを伝える。

「あ、待……っ」

限界まで我慢したものの、最後は久遠の声が後押しになった。

和孝は震えながら達し、少し遅れて久遠の終わりを体内で受け止める。膜越しでも熱い迸《ほとばし》りを感じ、さらなる絶頂を味わった。

知らず識《し》らず目を閉じていたようで、瞼《まぶた》に口づけられて開けると、間近で見つめ合う格好になる。普段から読めない男の表情はいまもそう変わらないが、自分に向けられるまなざしのやわらかさは明らかにちがい、心が震えた。

「久遠さんって」

冴島《さえじま》が「手近ですませなくても」と言うはずだ。こういう男に弱い人間はいくらもいるだろう。現に自分がそうだ。

「俺が？」

「――なんでもない」

この際とばかりに端整な顔を熟視した。いままで誰より近くで接し、肌も合わせてきたというのに、久遠の顔をほんの数センチの距離でじっくり観察する機会はあまりなかった。最中はそれどころではないし、終わったあとはたいがい半睡の状態だ。

半ば無意識のうちに指で辿ってしまう。日本人にしては高い鼻根、そこから伸びるまっすぐな鼻梁《びりょう》。

ひとつひとつ確かめながら、指を滑らせていく。

上下同じ厚みの唇。顎、喉仏。

喉仏の形と声は関係ないというが、少し乾いた低い声にあわせて時折上下する喉仏が好きだと思う。

「くすぐったいな」

「動かないで」

髪に触れてこようとした手を避け、視線を首元から目へ戻した。眦《まなじり》の上がった、普段きつい印象の目は、いまはいくぶんやわらかい。

「眼が黒いんだ」

黒い眼をじっと覗き込む。そこに映っているのは、自分の顔だ。

「――なんだか、不思議」

さらによく見ようと距離を縮める。すると、上唇を舌先で舐められ、はっと我に返って身を退いた。

「……なんだよ」

そればかりか、大きな手が腰を弄《いじ》り始める。指の長さ、形まで感じさせる触り方にいとも容易《たやす》く身体が熱を持った。

「誘われているのかと」

「……ってない。ていうか、いま達《い》ったばっかりだし」

抗ったつもりだが、あ、と小さく声が漏れてしまってはなんの説得力もない。顔をしかめた和孝のうなじに、久遠が唇を寄せてきた。

「厭《いや》か？」

「………」

返答するより先に、たったいままで久遠の顔に触れていた指先が疼《うず》きだす。どうせ触れるなら顔だけではなく身体にも、のほうがいいに決まっていた。

「それ、わかってて聞いてるだろ」

和孝はそう返すと、自分から肌を寄せ、欲求に従って手のひらを久遠の背中に這わせる。きつく掻《か》き抱《いだ》かれて、その力強さと匂いに包まれ陶然となった。

「……久遠さん」

あとはいつものやり方で本能に任せて貪《むさぼ》り、与えればよかった。

互いに満足するまで、何度でも。

5

真柴《ましば》が襲われた日から三日後の午後のことだ。部屋へ入ってきた上総《かずさ》から聞かされた事実は、ある意味予想どおりだった。

「真柴が可愛《かわい》がっていた若い奴《やつ》らが……」

すべてを聞く必要はない。が、あえて説明を待った。

上総は一度スーツの肩を上下させてから、事実を報告した。

「独自で聞き込みをしたあげく、確証もないまま結城《ゆうき》組の者を襲ったようです。目撃者が通報したとのことで、三人とも現行犯で逮捕されました」

これ以上はないほどの悪手であるのは確かだ。最悪だと言ってもいい。この件が耳に入れば三島《みしま》はこれ幸いと利用するに決まっている。

「相手はひとりか？」

「ええ。どうやらクラブで木島《きじま》組の組員を襲った話を自慢していたようです」

真偽の程はともかく、吹聴《ふいちょう》するなどこれほど愚かなことはない。その男のせいで、こちらの若衆が巻き添えを食ったも同然だ。

「それでその男は生きてるのか？」

これがもっとも重要になる。傷害か傷害致死か罪状が変わるのはもちろんのこと、やくざのルールは大抵、目には目を、だ。

「はい。重傷であるのは間違いないでしょうけれど」

不幸中の幸いと言いたいところだが、やはり最悪の事態であるのは間違いなかった。三島にしてみれば、戦争をふっかけるまでもなく、木島組を弱体化させる大義名分ができた。

労せず勝利が転がり込んできたと、いま頃は高笑いしている頃だろう。

「会則違反、監督不行き届きあたりだな」

デスクを指で叩《たた》きながら、三島の出方をあれこれ予測する。単純明快で、考えるまでもなかった。

まずは根回しのもと、執行部幹部会。

「水元《みずもと》と連絡はついたか？」

質問の答えは、上総の表情で察せられた。

「いえ——捜させてますが、三日前に自宅へ戻ってからの足取りは不明です」

水元は一人暮らしだ。故郷の両親は健在で、しばらく帰省していないと聞いている。

自宅前で拉致《らち》されたのだとしたら、その後の足取りが不明なのは不思議でもなんでもない。

だとしても——。

三島の狡猾《こうかつ》さをあらためて実感する。

他者を使うという瀬名《せな》のやり方をなぞったのは、おそらく故意だ。普通であれば、同じ轍《てつ》は踏むまいと誰しも避ける。だが、三島はあえてそうした。

まさかそんなことはしないはず、とみなが思ってくれれば三島にとっては十分目的を果たしたことになる。

——瀬名があんな結末になったのに、三島さんはなにを考えているんだ。

たとえそんな疑問を口にした者がいたとしても、

——俺が負け犬の真似《まね》をしたって？

一言返せば、みな口を噤《つぐ》むしかなくなる。それでなくても不動清和会《ふどうせいわかい》の一枚岩が脆《もろ》くなっている現状で、四代目の機嫌を損ねたい者はいない。

仮にいま久遠《くどう》自身が電話をしたとしても、笑い飛ばす三島の姿が目に見えるようだった。

デスクを叩く指を止めたとき、ノックの音が聞こえた。客人の来訪を告げてきた組員に、

「応接室に通せ」

うんざりしつつ久遠は椅子《いす》から腰を上げた。面倒事は重なると相場は決まっているが、

やはり今回の場合もそうだった。いや、遅すぎるくらいか。てっきり和孝《かずたか》を任意聴取で引っ張った直後にやってくるものだとばかり思っていた。

「私が対応しましょうか」

上総の申し出を断り、部屋を出て階下へ向かう。今日上総に任せたとしても、こちらが会うまで何度でも通ってくるのは目に見えていた。

「有坂《ありさか》はどうしてる?」

エレベーターの中で上総に問うと、捕まった若者たちの対処に追われていると返答があった。

「伊塚《いづか》は?」

「新藤《しんどう》とふたりで真柴についてます」

エレベーターが着き、先に降りるとその足で応接室へ向かった。三階の自室へ通してもよかったが、毎回そうして懇意になったと勘違いされてもうっとうしい。

応接室のドアを開けてすぐ、煙草《たばこ》を吸ってくつろいでいる高山《たかやま》の姿が目に入る。隣に座る相棒の黒木《くろき》はいつもの渋面を貼《は》りつけ、肩を怒らせていた。

「たいそうな事故だったっていうのに、ぴんぴんしてるじゃないか」

必要以上の笑顔でいまさらの話を持ち出した高山と、仏頂面の黒木、順に目を合わせてから久遠は向かいのソファに座った。

「それで？　今日はどのようなご用件でしょう」

長い前置きを聞く気はないため、こちらから切り出す。高山は鼻と口から大量の煙を吐き出すと、首を左右に傾けたあと口を開いた。

「真柴はまだＩＣＵから出られないって？　いやあ、災難だったな」

まさか労《ねぎら》うためにわざわざやってきたわけではないだろう。高山の無駄話を無言でやり過ごす。

「真柴は慕われていたからな。けど、よりにもよってこのタイミングでの報復はまずかったんじゃないか？　聡明《そうめい》な組長さんにしては、やけに後手に回ってるじゃないか。お宅の若い奴ら、逮捕されてなかったらいま頃どうなっているか」

同情的な物言いはもう聞き飽きた。こんな話をするために訪ねてきたのだとしたら、早々に引き取ってもらうだけだ。

「ただなあ。いくらそいつらが木島の組員じゃなかろうと真柴の子分だってのは間違いない。いま頃、組対の連中は奴らの口から『久遠彰允《あきまさ》』の名前を引き出そうと躍起になってるだろうさ」

どうする、と問いかけるかのような上目遣いを投げかけられるが、高山に話すことはなにもない。真柴と盃《さかずき》でも交わしていれば話は早かったのにと失望していようと、現時点での彼らは単なる街の不良にすぎなかった。

「組対が躍起になっているときに、高山さんはこんなところで煙草を吹かしていていいんですか？」

ほんのわずか高山の眉《まゆ》がぴくりと動く。当人は泰然と見せかけていても、よほど組織犯罪対策部と比較されるのが不快らしい。

「口の利き方に気をつけろ」

割って入ったのは黒木だ。黒木が苛《いら》ついているのは後ろめたさを隠すためなので、黙らせるには一瞥《いちべつ》で事足りる。

黒木には、これまで何度か捜査状況を報告させた。そのおかげで小笠原《おがさわら》を復活させる時期を計れたし、時間稼ぎもできた。とはいえ、まだ不足だ。いずれもっと役立つ日が必ずくるだろう。

「まあまあ、こちらさんはいま大変なときなんだ。大目に見てやろうじゃないか」

高山はそう言うと、ようやく本題に入る気になったようだ。

「俺はおまえらの争い事は正直どうでもいい。俺は俺の仕事ができればなんの文句もないんだ」

高山の目的は、南川《みなみかわ》を死に至らしめた者を挙げることにほかならない。捜査一課の刑事としては当然だが、一連の事件は組織犯罪対策部に主導権が移ったと黒木からは聞いている。となると、高山がここに来たのは功績のため、プライドを保つための個人的な行動だ。

そこには反社会的組織の弱体化に一役買ったという功名心もあるだろう。ようは警察もやくざも同じ、組織内で大きな顔をしたい、それだけの話だった。

「あの記者を手にかけたのはホームレスだと聞きましたが？」

「ヤク欲しさにな」

侮蔑《ぶべつ》のこもった口調で言い捨てると、早口で捲《まく》し立て始める。

「その男に南川を殺す動機はない。ヤクをちらつかせてやらせた人間がいるってことだ。瀬名が命じたんだとしても、当人が行方《ゆくえ》知れずだ。言っとくが、大沢《おおさわ》でもないぞ。大沢はむしろ南川にはもっと動いてほしかったようだ」

南川の事件については、すでに終わったことだった。斉藤《さいとう》組が解散になり、大沢も出頭したいまとなってはもはや興味もない。

「うちに聞くのはお門違いでしょう。今回の件じゃ、こちらも迷惑をこうむったんです」

南川を処分したところでなんの利もない、と言外に告げる。

高山は何度か頷《うなず》くと、にっと唇を左右に引いた。

「確かに。けど、だからこそ木島の組長さんならやりかねないだろ？　肉を切らせて骨を断つ、ってヤツ」

「無意味なことはしません。現に骨を断てていないから、あなたがここにいるんだと思いますが」

そう返す一方、頭の中で上総から渡された資料にあった南川について思い浮かべる。といっても、情報量としてはわずかなため、取り立ててなにも言うことはなかった。

「まあ、そうだよな」

乱暴な手つきで頭を掻《か》いた高山は、眦《まなじり》を下げたかと思うと、意味深長な半眼を投げかけてきた。その媚《こ》びにも似た目つきに、戦法を変えるらしいと気づき、心中で嗤笑《ししょう》した。

「俺もなあ。あのホームレスがやったっていうならそれで解決にしていいと思ってるんだよ。けど、それじゃあ捜一はいいとこなしだって言われて、組対の鼻を明かそうと上が躍起になっててねえ」

困ったと言いたげに、今度は額を叩く。

どんな手でこられようと、久遠のやるべきことは同じだ。いつまでも高山につき合うほど暇ではなかった。

「俺なら、たいして得られることのない人間に固執するのをやめて、別の方向を検討しますね」

「あくまで無関係と言いたいのかな?」

「無関係ですから」

「ところで」

作り笑いを貼りつけたまま、間髪を容《い》れず高山が続ける。

「先日、柚木《ゆぎ》さんの聴取をさせてもらったよ」

この話がどこへ向かうのか、高山の出方を待つ。

「いやはや、器量がいいだけの人形かと思えば、なかなかどうして肝が据わってる。うちの若い奴らにも見習わせたいくらいだね」

終始笑顔の高山とは裏腹に、黒木の眉がぴくりと動いた。「若い奴ら」と高山は言ったにもかかわらず、自身を指摘されたと思ったようだ。

「よく仕込んであるじゃないか」

にやりと口許《くちもと》をだらしなく緩めた高山に、

「そういう言い方をすると、ますます嫌われますよ」

久遠は一言返した。

「まあ、嫌われるのには慣れてるんでね。嫌われついでに次は任意じゃなく重要参考人で引っ張るって手もあるが」

そろそろ相手にするのも飽きてきたので、これには反応せず、無言を貫く。粘っても無駄と察したのか、不満そうではあったものの高山はやっとソファから腰を上げた。

ドアへと足を向けるふたりを見送る義理などないので、久遠は座ったまま煙草を手にする。

「そういや、妙な話を小耳に挟んだんだが」

火をつけようとしたところで、一度高山が振り返った。

「木島組、よその犬を飼ってるんだって？」

それだけ言うと右手を上げて帰っていく。

煙草に火をつけ、煙を吐き出した久遠は眉根を寄せた。

いまの一言の意味については問《と》い質《ただ》すまでもない。小耳に挟んだという言い方から、斉藤組の人間を指したわけではないだろう。経歴についてもあらかた確認済みだ。

反して、組員の過去についてはあえて不問としている。やくざになるような人間は誰しもなんらかの瑕疵《かし》があるため、重要視していなかった。高山の言葉は、後者を示していると考えて間違いない。

それが事実として、問題はいくつかある。

なぜこのタイミングで高山の耳に入ったか。誰が犬をもぐり込ませたのか。さらに重要なのは、記憶を失う前の自分はそれを把握していたのか、だ。

咥《くわ》え煙草で部屋に戻った久遠は、電話の内線ボタンを押して上総を呼び出そうとしたもののの、いったん保留にする。

一服する間の猶予を自身に与え、頭のなかで上総に渡された資料と口頭で聞いた情報を今一度整理していった。

いくつか引っかかりを脳内で羅列していたとき、デスクの上の携帯が震えだした。鈴屋《すずや》だ。

煙草を灰皿に押しつけてから、携帯を耳へやった。

『さすがと言うかなんと言うか、組員ごと斉藤組のシマを手に入れるとは恐れ入りました。結局、木島組のひとり勝ちだったって、うちの者らもその話で持ちきりですよ』

鈴屋は、いまだ学生さながらと三代目がため息を漏らすのも頷ける好青年ぶりを、携帯越しにも遺憾なく発揮する。無論それも戦略のひとつであって、けっして学生気分を引《ひ》き摺《ず》っているわけではない。

若頭の中林《なかばやし》を差しおいて跡目を継いだからには、それなりのしたたかさを持ち合わせているだろう。

三島は、鈴屋を軽んじているふしがある。稲田《いなだ》組にしても三代目を輩出した歴史のある組というだけの認識でいるようだが、その時点で鈴屋に乗せられていると言ってもいい。

「坊になにかあったのか？」

いまの用件ならそれにちがいないとこちらから水を向けると、まったく、とため息交じりで鈴屋が答える。

『慧一《けいいち》坊ちゃんは、ずーっと変わりませんね』

そうか、と返す。

鈴屋の声音に幾ばくかの憐《あわ》れみが感じられるのは、けっして勘違いではないだろう。

『賭《か》けてもいいですけど、坊ちゃんが役に立たないって知って、三島さんは白朗《バイラン》の治療なんかしてないですよ。ていうか、初めからする気があったかどうか』

「賭けにもならない」

送り込んだ者が医師なのかどうかも怪しい。仮に三島が本気で田丸《たまる》を使おうとしていたなら、向こうに戻りたいという執着を元から絶ってしまおうと考えるはずだ。

『個人的には、好きにさせてあげたらいいんじゃないかって思うんですけどね』

「そうしたいなら、すればいい」

鈴屋にはそれが可能だ。

『や、そんなわけにはいきませんよ。帰国して日本のやくざと接触した理由を疑う者だっているでしょうし、いまはまだよくても、白朗が死んだとき坊ちゃんは——』

鈴屋の言わんとしていることはそのとおりだった。従兄弟《いとこ》であっても田丸と親しかったわけではないと聞くが、叔父である三代目の心情を案じるのは当然だ。稲田組の組長として、甥《おい》として。

「この件について三代目とは話したのか？」

『なにも』

予想どおりの返答に、それはそうか、と心中で呟《つぶや》く。

三代目は見て見ぬふりをしているのだ。勘当したとは言っても、一度は家宝の刀を譲ろうとした息子。彼《か》の地で悲惨な目に遭わされるくらいなら、飼い殺しにしたほうがマシと三代目が考えたとしてもおかしくない。やくざの頂点だった男であっても、身を退いたあとはひとりの親だ。

『まあ、しょうがないですね』

鈴屋が力なくこぼす。

「そうだな」

田丸の処遇に関しては任せるという意味で、久遠は同意した。

白朗の死後不幸な結末が待っていたとしても、それはそれで本望だろうと思うのは所詮《しょせん》他人事《ひとごと》だからかもしれない。

初めて見かけたときの田丸を思い出す。新年の挨拶《あいさつ》をするために居並ぶ直系の組長たちを前にして、三代目の隣に座っていた田丸はひどく退屈そうな笑みを終始浮かべていた。きっと坊の目には組長連中が猿にでも見えているにちがいないと、木島の供で列席していた久遠は少なからず共感を抱いた。

『それはそうとですね』

一度咳払《せきばら》いをして、鈴屋が話題を変える。

いや、実際は話の続きだったが、中身は意外なものだった。

『じつは、その坊ちゃんが久遠さんに会いたがってます。都合は合わせるからできるだけ早く、ふたりきりでと』

田丸との過去の経緯についても上総から説明を受けている。それゆえに、自分に会いたがる理由が思いつかない。

「どうして俺に？」

『わかりません。断りますか？』

鈴屋自身、疑念があるようだ。恨みを募らせた結果、田丸が捨て身の行動に出ることを恐れているのだろう。

思案したのは、ほんの短い間だった。

腕時計で時刻を確認してから、いまから会おうと答える。

『なら、坊ちゃんにそう伝えます』

鈴屋との電話を終えてすぐ、内線で沢木《さわき》に車を回すよう告げる。ネクタイをきつく締め直し、コートを手にして階下に降りると、沢木の運転する車で稲田組へ向かった。

車中ではあえてなにも考えず過ごす。どんな用件なのか予想してもしようがないし、そもそも鈴屋の顔を立てるために応じたにすぎなかった。

あともうひとつ。親しい仲にあるらしい三代目への義理立てだ。

記憶の喪失もさることながら、錯綜《さくそう》は覚悟していた以上に厄介だった。三代目について

もいくつか記憶が戻ったというのに、整合性を優先すればどうしても他が二の次になる。信頼関係にあったと言われても、ぴんとこないのはそのせいだ。

「俺が、つき添っていってもいいですか」

あと数分で到着する頃になって、唐突に沢木が口を開いた。

「親父《おやじ》ひとりで田丸と会うなんて――危険です」

先日の、田丸が和孝を待ち伏せしていた件もあるので、なんらかの企《たくら》みがあると沢木が警戒するのは無理からぬことだと言える。

「俺ひとりをご指名だ」

「でも……」

「心配ない」

沢木の言葉をさえぎる。実際、田丸が暴挙に出るとは考えにくかった。そんな真似をすれば、今度こそ死ぬまで籠《かご》の鳥になってしまう。一刻も早く白朗のもとへ戻りたい田丸なら、揉《も》め事《ごと》は極力避けたいはずだ。

まもなく稲田組の門の前で停車する。広大な敷地《しきち》内に稲田組本家と三代目の自宅があるが、いつまでも組長が叔父宅に居候では外聞が悪いからと、別宅を建設中だと聞いた。

すでに基礎工事にとりかかっていて、本家と三代目宅のちょうど間に別宅を造るようだった。

組員の出迎えを受け、立派な日本庭園を横目に砂利道を踏んで本家の玄関へ向かう。屋敷に入ると、若頭の中林が田丸の部屋までの案内役を買って出た。

「話があるだけと坊は言ってますが――くれぐれも油断しないでください」

中林が案じているのは、もちろん坊、田丸だ。

かねがね鈴屋が言っていたとおり、中林は慧一派だった。三代目を敬い、嫡子である慧一こそが跡目にふさわしいとする考えは、組員のなかに一定数あったのは事実だろう。

一方、鈴屋が跡を継いだ際に反対した者を説得して回ったのも中林だというので、どこの若頭も大変だ、と腹の中で苦笑する。

「そうします」

渡り廊下を進み、離れへと入る。入り口には組員がふたり立っていて、こちらを認めると頭を下げた。

「ここです」

中林が引き戸を解錠する。

「この先は、ひとりで大丈夫です」

部屋までの同伴を辞退し、単身中へ入った久遠は奥へと向かう。いくつかある部屋のうち、どこに田丸がいるのか、当人が廊下で待っていたおかげで探す手間が省けた。

「あんたの顔を見ると、やっぱりムカつくな」

言葉どおり顔をしかめた田丸に、久遠は軽く会釈をする。その傍ら開け放たれたドアから室内を一瞥すると、囚《とら》われの身にしては贅沢《ぜいたく》な環境だった。目視できる範囲でも、大型テレビに、L字形のソファ。テーブルの上にはフルーツの盛り合わせに、コーヒーメーカー。山と積まれたコミック。

おそらく田丸に要求されるまま組員が買い与えたのだろう。

「坊は元気そうでなによりだ」

「は？　どこがだよ」

当人は不満そうだが、実際、以前顔を合わせたときよりずいぶん健康そうに見える。食事や睡眠は足りているようで顔色もいい。

「誰のせいだと思ってるんだよ。あんたのせいでこんなところに監禁されて、元気そうだって？　よく言うな」

舌打ちをした田丸は、忌《い》ま忌《い》ましげに吐き捨てる。

「携帯も取り上げられて、ネットどころか電話一本かけられない。一日じゅうテレビを観《み》るか雑誌や漫画を読むかしかない生活がこれ以上続いたら、気が変になりそうだ」

「時間はあっても、フェイク動画は作れないか」

念のため揺さぶりをかけたところ、田丸が怪訝《けげん》な表情になる。

「フェイク動画？」

自身はネットを使えなくても、事前に誰かに命じていた可能性もあったが、田丸の反応を見る限り本気で心当たりはなさそうだ。

実際、もし田丸がフェイク動画を送った張本人だったとすれば、この場でそれを自慢げに語るはずだ。こちらが臍《ほぞ》をかむ姿を見たいなら、隠す理由がない。

「それで？　なんの用だ？」

まさか不平不満を言うために「会いたい」と呼び出したわけではないだろう、と暗に釘《くぎ》を刺す。もしそうなら即刻回れ右をするつもりだった。

田丸は壁に凭《もた》れかかると、挑発的な目つきでこちらを見てきた。

「木島組、大変なんだって？」

そして、くっと喉《のど》を鳴らして笑う。それだけでは足りなかったのか、

「ざまあみろ」

直截《ちょくせつ》な一言をぶつけてきた。

が、田丸の本題はこの先だ。

「頼みがある」

そう言ったかと思うと、真顔になる。本来なら「頼み」などと口にするのも厭《いや》だったろうに、あえてそうしたからにはよほどのことだと察せられた。

「白朗の無事を確認してほしい。本当に三島が治療をしてくれているのか——あの男は信

用できない」

だが、こういう頼みだとは予想していなかった。信用というなら、本来田丸にとってもっとも信用から遠い人間は自分だろう。

「稲田組のなかに喜んで引き受ける者がいるんじゃないか」

俺である必要がない、という意味だった。

田丸は大きく首を横に振った。

「俺のために動くような者なら、きっと嘘《うそ》をつく。それが坊のためだってな。あんたは、そういうの関係ないだろ。もし騙《だま》すにしても、不要なことはしない」

田丸の言い分は理解できる。とはいえ、いまの自分にとって三代目の坊にはなんの義理もなければ、わざわざ頼みを聞く理由もなかった。ただでさえ忙しいときに面倒なだけだ。

他を当たってくれ、と返答するつもりで口を開く。が、期待のこもった双眸《そうぼう》を前にして、いったん棚上げにした。

「あんたなら、そう難しくないだろ」

懸命な顔を前にして、どうすべきか思案する。正直田丸の機嫌をとることにメリットはないし、憎まれようといまさらの話だ。

久遠自身は、田丸に対して特別な感情はなかった。三代目の嫡子、それだけだ。帰国した以上、三島を始め他者に利用される前にと稲田組へ預けたが、向こうに骨を埋《うず》めたいというなら好きにすればいいと思っているのも本当だった。

「わかった」

結局、承諾する。

自分で頼んでおいて、半信半疑なのか壁から背中を離した田丸は目を大きく見開いた。

「だったら、もし三島が嘘をついていたときは、白朗にちゃんとした治療を受けさせてくれ。もちろんただでとは言わない」

さりげなく要求を追加する厚顔さには、呆《あき》れるしかない。前者と後者ではまるで意味合いがちがう。こちらが引き受けたあとでついでのようにさらなる面倒事を持ち出すやり方は、田丸自身が厭がろうとやくざのそれそのものだ。

しかも当人は気づいていないときている。

面白いものだと思いつつ、これにも頷く。

和孝や鈴屋とはちがい、同情したわけではなかった。手間ではあるものの固辞する理由もない、それだけの話だった。

強いて言えば、記憶を失っているせいかもしれない。過去、三代目の意向で田丸を連れ戻し、その後数年自由を奪ったらしいのに、こちらはその事実を忘れてしまっている。いわば、借りを返すようなものだ。

「承知した以上、約束は守れよ」

田丸があからさまに安堵《あんど》の表情を浮かべる。その顔は意外なほど普通で、やくざの家に育ってきた者には当事者にしかわからない苦労があったのだろうと窺《うかが》われた。

「伊塚って奴がいるだろ？」

唐突な話に、久遠は視線で先を促す。どうやらこれが田丸の対価らしい。

「そいつ、三島の手先だ。たぶん従兄弟か異母兄弟か、とにかく血縁関係だと思う。三島が直接そう言ったわけじゃないけど、酔ったときに植草《うえくさ》のやり方は正しい、血の繋《つな》がりは使えるって吹いてたし」

田丸の口上に無言で耳を傾ける傍ら、高山が言っていた「よその犬」とはこれだったかと合点《がてん》がいった。

「裏付けはあるのか？」

「べつに信じなくていい。俺は忠告したからな」

半面、やはり疑問は残る。

三島は自身の出自を執拗《しつよう》なまでに隠している。そんな男が、身内を信用するだろうか。他にもある。田丸どころか高山が把握していることを、記憶をなくしている自分はさておき、木島組の人間がなにも知らないなどあり得るのか。

上総に、有坂。

もともと伊塚を連れてきたのは有坂だ。

組員の経歴を問わないというのが表向きのルールだとしても、当初伊塚は有坂――若頭補佐預かりだった、と資料にあった。

「従順な飼い犬に手を咬《か》まれたんだ。さすがのあんたでも動揺してるだろ？」

頼み事をした手前我慢しているようだが、どこか愉《たの》しげに見えるのはそれが田丸の本音だからにほかならない。

「せっかく情報を与えたんだ。下手な真似はしないでほしいね。いや、もういっそのこと、あんたらで潰《つぶ》し合ってくれればいいのに」

は、と皮肉めいた笑い方をする。これも本音だ。

「まあ、でも、結果次第では俺が三島にツケを払わせるけどな」

物騒な台詞《せりふ》も、口先だけではないとわかる。三代目のひとり息子として生まれ、やくざに囲まれて育ってきた田丸にとってはごく自然なことなのだろう。

「てっきりここから出たいという話だとばかり思っていた」

久遠がそう言うと、田丸は冷めた目を三代目宅のあるほうへ流した。

「無理だろ。どうせあのひとが一歩も出すなって命じてるんだから。それとも、あんたが手引きしてくれるって？　大事な三代目と仲たがいしてもいいっていうんだったら、いますぐそうしてくれよ」

投げやりな口調とは裏腹に、その目は悔恨に満ちていた。

「俺は、同志として白朗の支えにならなきゃいけないのに、一番大事なときに……こんなんじゃ他の奴らに見下されてもしょうがない」

ぎりっと歯嚙みをする姿を前に、ふと和孝の顔を思い浮かべる。

状況的に見れば和孝と田丸は共通点が多い。一方で、真逆だとも言える。

やくざになんかならないと豪語して憚《はばか》らない和孝は、可能な限り普通という立場にこだわり、貫いている。

他人に見下されようと、微塵《みじん》も恐れない。和孝が恐れているのは、普通の感覚を失うことのほうだ。

「すぐに動いてくれるんだよな」

焦りを見せる田丸に、

「なにかわかったら連絡しよう」

一言返して、その場を離れる。廊下の角を曲がったところで鈴屋と顔を合わせた。田丸との話が終わるのを待ち構えていたようだ。

「あんなけなげな姿を見せられたら、思わず解放してあげたくなりますね」

参ったと言いたげに、鈴屋がかぶりを振る。

「けど、先々を考えて閉じ込めておきたい親心もよくわかる。板挟みでもう、どうしたら

いいか」

「三代目がそう言ったのか？」

「まさか」

鈴屋はずれてもいない眼鏡を直してから、ため息をひとつついた。

「勘当した以上、叔父さんはそんなこと言いませんよ。ただ中林とはなにか話をしたみたいです。ていうか、久遠さんだって、坊ちゃんがこうなることをわかっててうちへ連れてきたんでしょ？」

いまさらというニュアンスの問いには、いや、と答えた。

「うろうろされたら邪魔だから、家に送り届けただけだ」

閉じ込めるも、彼の国に送り届けるも稲田組で決めればいいと考えていた。勘当したという三代目の心情を無視する形になったとしても、それはそれで仕方がない。

田丸は三十を過ぎた大人だ。

「それで、坊ちゃんの話はなんだったんですか？」

「聞いていたんじゃないのか？」

鈴屋は頭も切れるし、抜け目がない。仮に田丸が稲田組の跡目を継いでいたとしても、うまくコントロールして手腕を振るったのは鈴屋だったにちがいない。

「まあ、そうですけど、まさかあんな話になるとは思わなかったんで、ここは聞かなかったふりをしたほうがいいかなって」

伊塚の件に関しては、確認もしないうちから田丸の話を鵜呑《うの》みにする気はなかった。裏をとる方法はいくつかあるが、どれにするか考えている最中だった。鈴屋はそれを察しているのか、すぐに話題を変える。

「けど、久遠さんが医者を向こうへ送るとなったら、三島さんは黙っていないでしょう。面子《メンツ》を潰されたっていうんで、また無理難題をふっかけてきますよ」

これに関してもいまさらだ。

三島が木島組を標的にした現状では、なにをしてもしなくても同じだった。もはや綱引きをする状況はとっくに終わった。

「引き受けたことをやるだけだ」

「……そうですか」

一瞬、迷いを見せた鈴屋が、唐突にこうべを垂れる。

「すみません。本来は内々ですませるべきなのに——坊ちゃんの頼み、聞いてやってください」

鈴屋のこういう部分を、三島はもとより三代目にしても頼りなく感じるのかもしれない。久遠自身は、鈴屋のような人間こそ生き残れるのだろうと思っている。古い考えの者は否応《いやおう》なく淘汰《とうた》される時代にふさわしい、新たな形のやくざとして。

「ところで、携帯は見られましたか」

そういえば田丸と話していた最中に、内ポケットの中で携帯が震えたが、歯切れの悪い鈴屋の口調で相手を察する。

「三島さんか」

「ええ。一斉メールで緊急召集がかかりました。明日十九時だそうですよ」

覚えずため息が出る。三島が急なのはいつものことだし、慣れているとはいえ、このタイミングでは嫌気が差す。故意だとしても少しも驚かない。

「三島さんはよほど暇らしい」

ですね、と同意した鈴屋をその場に残し、先に離れを出たあとは三代目宅には立ち寄らないまま車へ戻る。数十分後、降車した久遠は三階に上がる前に事務所へ顔を出した。

「あ、お疲れさまです！」

居合わせた組員が腰を屈《かが》め、口々に挨拶をしてくる。隣室からは電話勧誘の仕事をしている者たちの声が漏れ聞こえていて、一見いつもどおりの光景だった。

——おい！　てめえら、しゃんとしないか。あまりのむさ苦しさに親父さんがびっくりされてるじゃねえか。

だが、平素であれば、真っ先に真柴の快活な声が響き渡っただろう。ムードメーカーが不在の事務所はどこか覇気がなく、代わりにいまにも破裂しそうな重い空気に満ちていた。

真柴の意識がまだ戻っていないことに加え、依然水元の行方も不明な現状では致し方ない。絶望視する者も徐々に出始めている。

久遠は近くにいたひとりに、財布から抜き取った札をいくらか渡した。

「たまにはみんなで気晴らしするといい」

こういうときだからこそ、と口にしなくても十分伝わったようだ。ぐっと唇を引き結んだあと、みなが一斉に礼を口にする。

「ありがとうございます！」

「ごちそうさまです！」

ふたりのためにもと士気を上げようとしているのだ。

頷いた久遠は事務所を出てすぐ、エレベーターで自室に戻る。デスクにつくと一度首を回して骨の音をさせ、煙草に手を伸ばした。

一服する間に田丸から聞いた話について考える。組の現状や今後の三島の動向等を合わせると、現時点ではなにが最善の選択かどうかも判然としない。だとすれば、複数の選択肢を残しておくのもひとつの手だろう。

灰皿に吸いさしを置いた久遠は、携帯を手にする。そのうち使う日が来るかもしれないと登録しておいた番号を選び、呼び出し音を聞いて待つこと数秒。

『どちら様でしょう』

　不信感もあらわな声が耳に届いた。警戒心が欠如している男でも、知らない番号を怪しむ気持ちはあるらしい。

「久遠だ」

『――――』

　訝《いぶか》しんでいるのか、しばらく間が空く。

　その後の口調は、微《かす》かな昂揚《こうよう》を含んでいた。

『その声――確かに本人みたいですね。まさか連絡をいただけるとは思っていなかったので、びっくりしました。僕が仕事を休んでいるから、探るために久遠さん自ら電話を？　それとも他に用事が？　どちらにしても、僕という存在を意識しているということですよね』

　相変わらず饒舌《じょうぜつ》な男だ。やはり体調不良は嘘だったかと、ものの一分もたたないうちに当人の言葉から明確になった。

　それだけではない。

『ああ、もし苦情の電話でしたら、無駄ですよ。柚木くんが毎日無事に帰宅するのをこの目で確認しないと、おちおち眠ることもできないんですから』

　自らストーカー行為まで告白する。警備会社から不審者の報告が上がってこないのは、おそらくある程度の距離は保っているせいだろうが、榊《さかき》の意志の強さにはいっそ感心すらする。

長年優秀な弁護士の仮面を被《かぶ》り続けていただけあって、忍耐強さは筋金入りだ。それだけに執着心も激しく、多少の危険などものともせず、こうと決めると迷いがない。

愛と固執、ときには自己犠牲すら同列に語るような男だ。

「止める気はないから安心していい」

『――それは、どういう意味？』

脅し文句でもぶつけられると身構えていたのか、榊は面喰《めんく》らったようだ。

「止めてほしいのか？」

『言っておきますが、いま、和孝くんを危うい状況に陥れているのはあなたの責任ですからね。なんと言われても、僕はやめる気はありません』

手厳しい指摘を甘んじて受ける。

実際のところ、和孝を守るという一点において榊が誰より適任だというのは確かだ。文字どおり命がけ、我が身よりも和孝を優先するにちがいなかった。

今後の展開次第では、榊のしつこさが必要になるかもしれない。久遠がいま電話をしているのは、そういう理由からだった。

「もし――」

久遠はそこで言葉を切った。いったいなにを口走るつもりだったのか。苦笑し、一度携帯を耳から離すと、こめかみを指で揉んでからふたたび戻す。

そして、端的に用件を告げ、携帯をデスクへ放り投げた。

「……なにをやっているのか」

組のトップだ、五代目争いだとお山の大将を気取ってみたところで大事な相手ひとり自身の手で守り切れていない、それが現実だ。

「約束したのにな」

ふいに、脳の襞《ひだ》から湧《わ》き出《で》たように再会した頃の記憶がよみがえる。嘘つきだと責められたが、そのとおりだ。守ると約束していながら不安ばかり与えている。

こんな男と知ってなお寄り添おうと努力する和孝に、自分はどうやって応《こた》えればいいというのだ。

――無事でいてくれたら、まあ、あとはわりとどうでもいいかな。

この世界に入ると決めたとき、畳の上どころか、ろくな死に方はしないだろうと腹をくくった。まともな生き方をしない者がまともな最期《さいご》を望むのはあまりに都合がよすぎると。

だが、そう単純にはいかなくなった。

十年もあれば、ひとが変わるには十分だ。いや、もしかしたらほんの数瞬あれば事足りるのかもしれない。

忘れたはずの記憶が曖昧《あいまい》な映像となって脳裏に現れては消えていく。それが現実に起こった過去の出来事なのか、それとも願望なのか、いまの自分には判断できなかった。


人目につかない繁華街の裏路地に、険しい表情の男が入っていく。電話一本で呼び出されることが屈辱という以前に、刑事として、世間から疎まれているやくざを相手にしなければならない、それ自体に嫌悪感があるのだろう。

黒木章太《しょうた》は周囲を気にしつつも、木島組の若頭補佐である有坂に臆《おく》することなく渋面で向き合った。

「そっちの組員を襲った男と、結城組との繋がりは出てきません。やったのは一賀堂《いちがどう》の末端で、昨日、本人が出頭済みと聞きました。幅をきかせている木島組が気に入らなかったと言ってるみたいです」

一気にそう捲し立て、また周りを窺う。額には玉の汗が浮いていた。

「気に入らなかった、だ？」

強面《こわもて》をさらに凄《すご》ませ、有坂は鼻で笑った。

それもそのはず、現在は落ち着いて見えても、先日まで木島組と組長である久遠彰允の名は事あるごとにメディアに取り上げられていた。小笠原の失踪《しっそう》や南川の事件において、木島組は無関係を貫いた一方で、久遠の命が狙《ねら》われたばかりだ。

木島組がその件と今回の真柴への襲撃を繋げて考えるのは至極当然だと言える。

「それを信じろって？」

有坂が疑うのも無理はない。木島組に楯突《たてつ》く理由として、気に入らないというのはあまりに弱い。東北の一賀堂は誰もが一度は耳にする名だが、木島組とは知名度も勢力も比較にならず、仮に全面戦争となった場合、結果は目に見えている。

疑心もあらわな眼光で凄まれ、黒木が目を泳がせた。

「それと……結城組にもガサが入るという噂《うわさ》です」

「結城組に？」

「揉め事が起こらないうちに火消ししたいんじゃないですか。名目ならいくらでもありますから」

ようするに、警察も木島組の一連の騒動を警戒するだけではなく、不動清和会が割れたあとを危惧《きぐ》しているようだ。割れるなら割れるで粉々にしてしまえと、そこには思惑が透けて見える。

「なるほど」

といっても、木島組にとって悪い話ばかりではない。ここで結城組が矢面《やおもて》に立たされるような事態になれば、木島組には追い風になる。

有坂の口角が上がった。

「もう十分でしょう。こういうのはもう、今回で終わりにしてくれませんか」

反して、黒木は忌ま忌ましげに吐き捨てる。

もし同僚に、上司に知られたら、と恐れているのだ。自身の責任はもとより、警察全体の不始末になる。一大スキャンダルとして、メディアの格好の餌食《えじき》になるだろう。

「まあまあ」

それを十分承知しながら、有坂は笑顔で黒木の肩を叩いた。

「そうつれないことを言うなって。これからも仲良くやろうや。個人的にも」

黒木の眉間《みけん》の皺《しわ》はいっそう深くなり、嫌悪感も増す。まるで汚物でもあるかのように肩にのった手を振り払った。

「どうせ、あんたたちは……」

ぼそりと呟いた一言を、どうやら有坂は聞きそびれたらしい。

「なんだって？」

怪訝な顔で問い質したが、黒木はすでに踵《きびす》を返し、柔道で潰れた耳を引っ張りながら歩き始めていた。

黒木の背中を冷笑を浮かべて見送った有坂は配下に顎《あご》をしゃくると、肩を並べてその場から離れていく。路肩に停《と》まった車の後部座席のドアを配下が開けるのを待って車内に身を入れたあとは、大きな声で独り言を言い始めた。

「結城組とは関係ないって？　気に入らないからって、一賀堂の奴がうちの真柴をいきなり襲うか？　しかも出頭だと？　――嘘くせえ。もっとマシな筋書き用意しろよ」

どうやらいつものことらしく、配下は黙って運転している。

「つーか、水元と連絡がつかないってことは、そっちも一賀堂ってか？　冗談だろ？　水元……水元は無事なんだろうな。なんでまだ見つからないんだよっ」

最後は怒鳴り声になり、同時にシートを蹴《け》り上げる。

配下がびくりと肩を揺らした。

「――いま懸命に捜してますが、きっと無事ですよ。もしも……水元さんの身になにかあったら、そんときは、どこのどいつだろうときっちりタマをとりに行きます」

その言葉が嘘でないことは、配下の表情で明白だった。

有坂にしてももしもの場合を考えたのか、双眸を不穏にぎらつかせる。が、それもつかの間、すぐに舌打ちをし、はっと鼻を鳴らした。

「めったなこと言うんじゃねえ。勝手な真似だけはするなよ」

すみません、と慌てて配下が謝罪する。

注意した当人の表情は晴れるどころかこれまで以上に硬くなり、一点を見据えたまま、以降は口を閉ざしてしまった。どこか思いつめたようにも見える姿は、やはり水元を案じているからなのか。それとも——。

ふいに有坂の上着のポケットが震えだした。有坂は取り出した携帯を一瞥しただけで電話には出ず、またポケットに戻すと、がしがしと乱暴な手つきで髪を掻き乱す。

苛立ちと怒りを滲《にじ》ませるその顔は、かつて木島組きっての武闘派と評された男そのものだった。

ソファに腰かけて電話をする傍ら、手持ち無沙汰《ぶさた》のあまり手近にあったテレビのリモコンを意味もなく触っていた和孝は、うっかりスイッチを押してしまう。

『誰かいるのか？』

携帯の向こうにも賑《にぎ》やかな声が届いたのだろう。急いでテレビを消してから、

「誰もいない。テレビ」

そう答える。別に誰がいても関係ないとは思うものの、やはり自分はまだ息子の立場なのだと図らずも実感させられた。

フェイク動画が送られてきて以降、父親と密に連絡をとるようになったせいでなおさらかもしれない。

「孝弘《たかひろ》は？」

もうすぐ日付が変わる時刻。孝弘はとっくに眠っている頃だ。

『三十分前くらいだったか、下に来て、おやすみと』

「そう」

自分とは大違いだ。最後に父親に「おやすみ」と言ったのはいつだったか、もう思い出せない。孝弘の歳《とし》にはすでに反抗的だったと自覚している。

『おまえと会うのを愉しみにしてる』

「そっか。俺も孝弘に会うのは愉しいからね」

純粋に兄として孝弘のことを可愛く思っている。それとは別に、感謝もしていた。

孝弘が勇気を出して会いに来てくれたから、兄の役目を与えてもらえたのだ。普通の兄弟と同じように仲良くできているし、父親との仲を再構築したいとは思わないまでも多少遺恨が薄れていったのは孝弘の存在のおかげだ。

現に、あれほど聞きたくなかった父親の声に、いま感じているのは安堵だった。今日も無事でいてくれた、何事もなかった、それがなによりありがたい。

「じゃあ……おやすみ」

何年かぶりにそう言い、父親からも同じ言葉を聞いて、堅苦しい電話を切る。なんとなく目が冴《さ》えてしまっていて、このままでは眠れそうにないので、その手で着信履歴から久遠にかけた。

「いまどこ?」

まず居場所を問う理由はいくつかあるが、一番は久遠がひとりでいることの確認だ。他者が近くにいるかどうかで、話の内容は変わってくる。

どうやらまだ帰宅していないようで、組にある自身の部屋だと返答があった。

「ひとりで?」

『そうだな』

「もしかして忙しいんだ?」

今日も来られないのか、という意味でもあった。

『しばらくは』

「そっか」

やくざ稼業がどんなものなのか、部外者である自分は知らない。が、なんとなくでも想像することはできる。

若いときから久遠は主に組の資金調達に携わってきたという。そのおかげで木島組は不動清和会の金庫と称されるまでになり、力を持ったと聞いている。

現在はおそらく他の人間に替わっているだろうが、最終的な判断をするのは久遠だ。いまも細かなチェックをしていたとしても少しも驚かない。

組長として慶弔事であちこちに出かけることも多いし、組の業務をこなしつつ不動清和会の若頭としての役割まで果たすとなると多忙を極めるのは当然のことだった。

だからこそ警察にまで「頭が切れる」と言われるのだろう。

「仕事の邪魔をしたら悪いし、もう切るな」

おやすみと言おうとした和孝だが、その前に引き止められる。

『少しつき合ってくれ』

久遠が電話を長引かせるのはめずらしいので、嬉《うれ》しさもあって承知した。

『なにか話してくれないか』

「なにか？」

これといって趣味も特技もない自分には難題だ。久遠が大半の記憶をなくしているいまなら話題に事欠かないが、今日は思い出話に興じる気分ではなかった。

それよりも先、自分たちの将来について話をしたい。

「たとえば久遠さんが首尾よくてっぺんとったとしてさ、その後はどうなるのかな。ぜんぜん予想がつかない。ああ、返答が欲しいわけじゃないから、久遠さんは仕事してて。自分の頭を整理するために、俺が勝手に喋《しゃべ》ってるだけ」

実際、久遠も明瞭《めいりょう》な答えを出すのは難しいだろう。記憶障害だというのを差し引いても、裏社会は不安定だ。しかも、現在においても締めつけはきつくなる一方なうえ、幹部たちは椅子取りゲームに躍起になっている。

首を挿《す》げ替《か》えたところで、平穏な日々が訪れるとは到底思えなかった。

「考えるまでもなく、最悪な職業だよな。やくざが職業って言えるならの話だけど」

『同感だ』

ここで反応があった。

くだらない話でも、一応ちゃんと聞いているようだ。仕事の片手間にはちょうどいいのかもしれない。

「もうさ、てっぺん目指すより、さっさと逃げ出したほうが賢明なんじゃないかって気がしてくるよな」

軽口であって、本心から言っているわけではなかった。たとえ内心はどうであろうと、すべてを放り出して逃げるなど現実的ではない。半面、なにかとその場面が頭をよぎるのも本当だ。

手に手をとって、自分たちのことを誰も知らない、遠い遠い場所にふたりで逃げる。実現できない、すべきではないという点でそれはもはやおとぎ話も同然だった。

『全部捨てて、俺と逃げよう——だったか』

さらりと口にされた一言に、頬《ほお》が熱くなる。切羽詰まっていたとはいえ、事務所に乗り込んだあげく、いきなり連れ出そうとしたのだから。

「あれは……だって」

言い訳しようとしたとき、え、と声が出る。

なぜならいまのは、久遠が忘れているはずの記憶だ。

「いつ？」

『たったいま』

「……マジですか」

なにがきっかけになるかわからない。無駄話もたまには役に立つらしい。

『なかなかよかった』

それでも、この話を続けられると羞恥心《しゅうちしん》が先に立つ。早合点《はやがてん》にもほどがあるうえ、激情に任せて強引に乗り込んだのはまずかった、といまも反省している。

「もういいって。他の話をするから」

『どうして』

「どうして？　恥ずかしいからに決まってるだろ」

悪趣味、と文句を言いつつも、そのときのことが頭の中によみがえってくる。

このままでは久遠が警察に捕まると思い込み、矢も盾もたまらず店を飛び出し、久遠のもとへ向かった。沢木に制されても退《ひ》かず、無理を言って頼み込んだ。

その後、久遠と顔を合わせた途端これ以上ないほど感情が昂《たか》ぶり、一も二もなく歩み寄って放言した。

——全部捨てて、俺と逃げよう。誰も知らない、絶対に捕まらない場所に。このまま、いますぐ行こう。

明瞭に思い出すと、ますます恥ずかしくなって背中にじわりと汗を掻く。沢木はもとより、きっと上総も呆れたにちがいない。

「いやいやいや。どうせ思い出すんなら、もっとマシなことがあるだろ」

よりにもよって、と携帯を持っていないほうの手を額へやる。文字どおり頭を抱え込んだ和孝だったが、

『もう忘れない』

これには口を閉じるしかなかった。

自分の存在が久遠のなかから消えたと知ったときのショックははっきり憶《おぼ》えている。いまだにその瞬間のことを考えると、うなじが冷え、鳥肌が立つほどだ。

それゆえ、「もう忘れない」という久遠の言葉が胸に染みるし、少しずつでも記憶が戻っている事実が純粋に嬉しかった。

「じゃあ、他もちゃんと思い出して、俺をもっと恥ずかしがらせてよ」

ふっと久遠が笑ったのがわかった。

『そうしよう』

「あー、でもさ、それだけじゃ足りないんだけど」

本来、俺のことは大丈夫だからと言うべき場面だろうが、あえてそうしなかった。大事なのは久遠の身だ。久遠が無事でいてくれて、焦らずゆっくり記憶を取り戻してくれたら他はどうでもよかった。

「どんなときでも、俺の顔を思い浮かべてほしい」

うまくいっているときはもちろん、窮地のときも。いや、窮地のときこそ思い出して、自身を優先してほしい。そう言葉に込める。

『わかってる』

久遠の返事は簡潔だったが、なんの不満もない。

いつもと同じ、それでよかった。

「だから、そっちはそっちでできるだけ早くうまくけりをつけて。俺とのことは、ふたりでなんとかしよう」

久遠が五代目になってもならなくても、自分たちの前には乗り越えなければならない問題がいくつも立ちはだかるだろう。

でも、それらはその都度ふたりでどうにかすればいい。そういう生き方を自分たちで選んだ以上、誰がなんと言おうとふたりにとってはそれが正解だ。

「俺の人生をまるごと預ける。その代わり組のものじゃないときの久遠さんの全部、俺がもらうな」

軽い口調で言ったものの、本気だった。

久遠はなんと答えるだろうか。返答次第では喧嘩《けんか》も辞さない覚悟で待っていると、数秒の間のあとようやく答えが耳に届く。

『それでいい――いまは』

しかもやけに歯切れが悪い。まさかこの期に及んで躊躇《ちゅうちょ》してる？　だとしたら許さない。ぐっと携帯を握り締めた和孝だったが、そうではなかった。

『俺を連れて逃げてくれるんだろう？』

「――」

不意打ちなうえ、やけにやわらかな口調だった。あれはいつだったたか、耳元で子守唄《こもりうた》を歌ってくれたときを思い出す。

『五年後か、十年後になるか。そのときを愉しみにしているよ』

つまり、いつの日か久遠も全部をくれるという意味だ。

久遠の言葉を頭のなかで反芻《はんすう》し、半ば無意識のうちに胸に手をやると大きく息をつく。

その瞬間を想像して心が震えた。

「……まあ、そうだね。久遠さんが爺《じい》さんにならないうちに実行するから待ってて」

実現できるかどうかは、この際そう問題ではない。ふたりで同じ未来を思い描く、それ自体が重要なのだ。

現金にも将来に対する漠然とした不安や恐怖心が薄れていった。その後も久遠と他愛のない話をしながら、和孝は心からリラックスし、笑みをこぼしていた。

6

横浜《よこはま》にある結城《ゆうき》組の一室に、不動清和会《ふどうせいわかい》の執行部幹部の面々が顔を揃《そろ》えていた。みながみな黒い外車で乗りつけたが、それを可能にしているのは特殊な立地だった。

和製ビバリーヒルズになるはずだった住宅地は、三島《みしま》の介入によって最終的に計画が頓挫《とんざ》し、現在は広々とした土地に結城組と三島の自宅があるだけの閑散とした場所になっている。緑に囲まれた、と言えば聞こえはいいが、実際は無人の警備員詰め所に、建設途中のスーパーマーケット、図書館とまるで一夜にして住人が消えたというあらすじの海外ドラマを連想させる。

自宅はさておき、確かに組事務所を構えるには最適だろう。

近隣住民を気にかける必要はないし、方々からやくざが集まってきたからといって、警察が出動するような事態になったことは一度もない。

「全員揃ったな」

上座からみなを見渡した三島が、満足そうに顎《あご》を引く。今日の三島は金糸のストライプの三《み》つ揃《ぞろ》いを身に着け、革張りの黒いソファのアームに腕をのせてゆったりと足を組んでいるその姿は、さながらイタリアンマフィアだ。

本人もそれを意識しているのか、ポマードで固めた髪を手のひらで撫《な》でつけてから、右手に座っている久遠《くどう》へ視線を流した。

「会合の前に、おまえに聞きたいことがある」

なんの話か、おおよその見当はついていたが、

「なんでしょう」

そ知らぬ顔で久遠は問うた。

「なんでしょうだ？　稲田《いなだ》組にいる坊ちゃんに会いにいったそうじゃないか。ふたりしてなにを企《たくら》んでる？」

顔をしかめたのは、末席にいる鈴屋《すずや》だった。どうやら鈴屋はあずかり知らぬことらしいが、三島の耳に入れた者なら確かめるまでもなかった。

中林《なかばやし》だろう。

賢明な中林らしいと言える。なにかあれば教えろと三島から言われたなら、稲田組の若頭という立場上、報告しないわけにはいかない。

それが組のため、鈴屋のためという判断だ。

「会いにいったのは事実ですが、企んでいるとはまた人聞きの悪い」

久遠の返答に、三島がしてやったりの表情で口角を上げた。

「俺を頼ってきた客人を横から掻《か》っ攫《さら》っておいて、なんの目的もないって？　それを信じ

ろと？」

芝居がかった仕種《しぐさ》で両手を広げたかと思うと、またみなの顔を見渡す。三島個人ではなくここにいる全員の問題だとアピールしているのだ。

久遠はひとりこそこそと動き回っている、他の連中など微塵《みじん》も信頼していない。そう印象づけるために。

「まさかおまえ、坊に帰国されると都合が悪くて、脅しでもしたんじゃないだろうな」

相手にできない。自分に後ろめたさがある者ほど、相手も同じだと決めつける。利用できなくなった田丸《たまる》は、三島にとって邪魔なだけの存在ということだ。

覚えずふっと笑い飛ばした久遠に、三島の眉《まゆ》がぴくりと動く。が、すぐにそれを悔やんだのか、分厚い唇に笑みを浮かべた。

「どうやら大学出のインテリヤクザ様は、俺を――いや、ここにいる全員をばかだと思ってるようだぞ？」

ただでさえ悪かった空気が、いっそう淀《よど》む。おそらくみなは頭の中で考えているだろう。三島につくべきか、それともここは中立を貫くべきか。

誰も一言も発さず、場に沈黙が広がる。物音ひとつ立てたら終わりだとでもいうように、普段はやかましい者らが呼吸音にすら気を遣っているのだ。

三島が咥《くわ》えた煙草《たばこ》に火をつける際のライターの音が、やけに大きく響いた。

「で、だ」

ふうっと煙を吐き出したあと、おもむろに三島は切り出す。自ら田丸を引き合いに出したことで誰もなにも言えない状況を作り出したのは、さすがといえるだろう。

「小笠原《おがさわら》の件やら週刊誌の記者の件やら、これまでの不始末に加えて今度のこれだ。うちの組員を襲ったのは真柴《ましば》の手下だよな？　こっちは到底許せねえ。正直、恩を仇《あだ》で返されて気分が悪い」

こうなると三島の口上は止まらない。自己愛の強い男は、みなの耳目を集め、従う様を見るのがなによりの好物ときている。

「もう俺も久遠を庇《かば》いきれないし、その気もなくなった。執行部から外そうと考えている。みなはどう思う？」

もとより異を唱える者は皆無だ。三島が事前に根回ししていたのは確かだが、誰しも我が身、我が組が可愛《かわい》い。

斉藤《さいとう》組と親族関係にある顧問や八重樫《やえがし》、岡部《おかべ》にとってはなおさらだった。一時的であっても自分たちを窮地に追い込んだ人間のために危ない橋を渡る理由がない。

「あの――ちょっといいでしょうか」

鈴屋が右手を挙げた。

この空気のなかで発言できるのは、ある意味、このなかでもっとも若造だからだろう。

黙っていろと窘《たしな》める視線にもめげず、鈴屋は右手を挙げ続けた。

「なんだ。言ってみろ」

三島の許可が下りる。

三島が機嫌を損ねたと鈴屋も気づいているはずだが、鈍いふりで礼を言ってから言葉を重ねた。

「久遠さんを外すのはいいとして、そうなると木島《きじま》組の上納金も減ることになりますよね。ひとつの組とはいえ、金庫と言われている木島組ですから、会としては痛手になりませんかね」

みなの視線が鈴屋から三島へ移る。なんと答えるのか、興味があるようだ。

この間、一言も発さず座っていた久遠の頭にあったのは、さっさと帰りたい、それだけだった。

いまさら自身のこうむった事故や真柴への襲撃について持ち出す気はない。三島のなかで決定事項である以上、どうせ結果は見えている。

「それについては問題ないよな？　降格は久遠自身の責任だ。執行部から外れたからってアガリをケチるような真似《まね》、久遠はしないだろ？　会への詫《わ》びもあるだろうし、木島組の今後を考えればなあ」

強引な理屈をこねられても久遠は黙っていた。たとえ内心はちがおうとも、この場であらわにするほど愚かではない。

鈴屋も右手を下ろし、以降は口を噤《つぐ》む。

みながみな誰とも目を合わそうとせず、手元や壁、天井と各々一点を見据えている。下手に三島、もしくはやり玉に上がっている男と視線を合わせてしまえば自分もとばっちりを食らうはめになるかもしれないと、それをなにより恐れているのだ。

予定どおりの展開に満足したのか、三島が勝ち誇った視線をこちらへ向けてくる。そして、ふいに声のトーンを落とすと、ぼそりと、笑い混じりでこう言ってきた。

「わかったか。裏で手を回すのは、おまえの専売特許じゃないってことだ」

よほど斉藤組の一件を根に持っているらしい。格下にしてやられたままとあっては、巨大組織のトップとしての面子《メンツ》が立たないからだとしても、わざわざ同じやり方をしたと明言するところが三島だ。

「意見がないなら、いまから決をとりたい。久遠を執行部から外すことに反対の者は挙手してくれ」

水を打ったように静まり返るなか、だろうなとでも言いたげに三島が上機嫌で両手を擦《こす》り合わせた。

「結論は出たようだ。久遠はいま、この時点より若頭の任を解く。これで、不動清和会の一枚岩が戻るな」

諸悪の根源は絶ったとでも言いたげに率先して拍手をし始めた三島に追従し、みなが手を叩《たた》く。

これ以上茶番につき合う気になれずに腰を上げようとしたが、そうするまでもなかった。暇《いとま》を申し出るより早く、さっそく鉈《なた》が振るわれる。

「悪いな、久遠。役職のない人間は出ていってくれないか。ここからは上層部だけの内密の話だ」

ふんぞり返って言い放つ様は、みなの目にはまさに勝者に映っているだろう。当然、三島本人はなおさらだ。

どこかで自身の雄姿を録画していたとしても少しも驚かない。

今日、この会議は三島の力を示す絶好の機会になったばかりか、久遠は終わったと全員に知らしめた。そういう意味では、やはり三島は勝者だ。

その証拠にみなの視線はよそよそしく、同情に満ちている。自分でなくてよかったと、安堵《あんど》もそこにはあった。

「失礼します」

最後に目礼して場を辞した久遠は、ドア越しに漏れ聞こえてきた三島の声に一度動きを止める。咄嗟《とっさ》に振り返りそうになったのは、少なからず衝撃を受けたからにほかならなかった。

だが、すんでのところで耐え、玄関へ向かって廊下を歩く間、見送りという名目であとをついてくる結城組の組員には一瞥《いちべつ》もくれず、終始無言で表へ出た。

彼らのおざなりな挨拶《あいさつ》にも応《こた》えないまま、沢木《さわき》の待つ車に乗り込んだ途端、こめかみがぴくぴくと引《ひ》き攣《つ》った。

「……なにか、あったんですか」

沢木が驚いた様子で、ルームミラー越しに窺《うかが》ってくる。すぐに返答しなかったのも、腹立たしさのせいだった。

なにより忌《い》ま忌《い》ましいのは執行部から外されたことではなく、まんまと三島にしてやられた、その事実だ。

三島辰也《たつや》という人間を見誤っていた自身に怒りすら覚える。

坊を帰国させたのも、久遠を降格したのもなりふり構っていられなくなった結果ではなく、計画のうちのひとつなのだ。

あの男は、結城組、ましてや不動清和会の行く末などろくに考えていない。乱れようと砕け散ろうと自身が勝利し、仮に沈むとなったときは全員道連れ。それこそが三島の本意だ。

結局のところ、いまの四代目の座すら三島にとってひとり勝ちするための付録にも等しいのだろう。

四代目に執着してみせたのも、組のためではなく、単に自己顕示欲を満足させるため。帰り際に耳に入った言葉がそれを証明している。

――これからは関東だ関西だと争っている場合じゃない。外敵に備えて、このたび、不動清和会の会長として、一賀堂《いちがどう》、そしてはなぶさと同盟を結ぶことにした。

なにが外敵だ。もっともらしい理屈を持ち出したところで、所詮《しょせん》後付けにすぎない。ようは、いずれ代替わりするような不動清和会の四代目という立場では満足できず、国内の裏組織を掌握するというたいそうな野望を叶《かな》えようとしているのだ。

いま久遠の肩書を奪ったのも、そのための通過点でしかない。

「舐《な》められたものだ」

唇の内側に歯を立てる。

「……親父《おやじ》」

緊張で固まった沢木の肩を目にした久遠は、手のひらで前髪を搔き上げ、乱した。冷静になるために一度息をつくと、

「執行部から外された」

事実のみを沢木に伝える。

「え」

つかの間絶句した沢木は、次の瞬間怒りを爆発させた。

「外されたって……どういうことっすかっ。あいつ……あの野郎、私利私欲のためにうちを虚仮《こけ》にしやがって！　許さねえっ」

通常であれば、四代目に対しての暴言だと心にもない注意をしていただろう。しかし、いまはそれすらどうでもよかった。久遠にしても、このままですませる気は毛頭なかった。相手が短期戦を望んでしかけてくるなら、こちらもそのつもりで応戦するだけだ。無論負けるつもりはない。が、すでに勝敗は二の次だった。

「俺の失態だ」

沢木にそう言うと、無理やり眉間《みけん》の皺《しわ》を解く。どれほど腹を立てようと、悔やもうと、なんの解決にもならない。

失態は失態と受け入れて、挽回《ばんかい》すればいいだけのことだ。

「あいつ、このままのさばらせておく気じゃないですよね！　俺を使ってください。俺があいつの——」

「沢木」

怒りに満ちた沢木の言葉をさえぎる。

「このままですませる気はないから、安心しろ。だが、勝手な真似はするなよ」

ぎりっと歯嚙《はが》みをした沢木は肩を大きく揺らすと、不本意そうではあるものの首を縦に振った。

そのタイミングで内ポケットの携帯が震えだす。電話をしてきたのは、上総《かずさ》だった。

『真柴が目を覚ましました』

その声音には心からの安堵が滲《にじ》んでいる。みなが喜んでいる様が目に浮かぶようだった。

久遠は一言そうかと返して電話を切ると、沢木にそれをそのまま伝える。

「本当っすか！　よかった……マジでよかったです」

すん、と洟《はな》をすする音に、すべてが表れていた。

「ああ、よかったな」

久遠は同意し、不穏な思考を振り払う。いったん三島のことも自身への苛立《いらだ》ちも後回しにして、沢木とともに真柴の回復を喜んだ。

翌朝。みなで開店準備をする傍ら、和孝《かずたか》はいつものように雑談込みの作戦会議に興じる。現在は『月の雫《しずく》』に関する話が中心だが、それと並行して、先日のように明らかに難癖をつけるのが目的の客が来たときの対処法も考える必要があった。

いまのところ影響は少ないとはいえ、また同じことがあった場合、致命傷になりかねない。警察沙汰《ざた》になったという話は早晩広まるはずだし、なにより南川《みなみかわ》の記事による前例がある。一度目は不問にしてくれた客であっても、二度目となればやはり敬遠するだろう。問題の多いPaper Moon《ペーパームーン》を選ばなくても、食事を愉《たの》しめる場所なら他にいくらでもあるのだから。

なにが起こるか予測が立たない現状、自分にできることはすべてやるしかない。

「いらっしゃいませ」

本日最初の客は、常連の女性グループだ。高校からのつき合いだという三人の女性は、二十年近くたったいまも仲良しだと最初に来店してきた際に教えてくれた。

次は近所に住んでいる男性。そして、老夫婦もやってくる。

昼時になるとオフィス街の会社員が足を運んでくるおかげで、あっという間に満席になった。

そのなかにあってカウンター席のひとつは現在、津守綜合警備保障《つもりそうごうけいびほしょう》の警備員の指定席だ。代わる代わるやってくる彼らは見事に客のひとりになり切りつつ、常に周囲にアンテナを張っている。

もしものときはいち早く対処してくれるにちがいない、頼もしいプロたちだ。

「ランチセットふたつ。アイスコーヒーと紅茶で」

厨房《ちゅうぼう》に声をかけてきた津守に、調理の手は止めないまま「了解」と返す。

昼時はスピード勝負でほとんどの客からランチセットの注文が入るため、目が回るほどの忙しさで普段どおりこなしていった。

昼の部のラストオーダーが間近に迫った頃だ。ビジネススーツ姿の男がふたり、入ってくる。

ドア付近のテーブル席に座ったふたりを接客する津守になにげなく目をやったところ、オーダーがなかなか決まらないのか、話し込んでいる様子だ。

しばらくしてやっと客から離れた津守がこちらへ歩み寄ってくる。てっきりオーダーかと思っていたが、そうではなかった。

「右側の彼が、どうしてもハンバーガーが食べたいと」

困り切った表情になる津守に、

「あー……」

思わず苦笑いする。メニューにはなくても、客の好みによって添える野菜の種類を変えたり、アレルギーのある客には他のものを提案したりと、可能な限り要望に合わせて対応している。

客には愉しい時間を過ごしてもらいたいし、気持ちよく帰ってほしいからだ。

彼らに対しても、初めての客だけにリピーターになってもらうためできることなら要望を聞き入れたい、とは思うもののハンバーガーとなるとさすがに難しかった。

「俺が話す」

津守にそう言い、厨房を出て客のもとへ足を向けた。

「ご来店ありがとうございます。オーナーシェフの柚木《ゆぎ》です」

和孝が名乗ると、彼らはやけに興味本位な目つきで見てくる。その様子に、野次馬だったかとため息がこぼれそうになった。

多くはないとはいえ、これまでも一、二度こういうことはあった。週刊誌を騒がせたのはどんな店なのか、オーナーはどんな奴《やつ》なのか見てみたいという酔狂な人間が世の中にはいるらしいと、そのとき知った。

きっとこの男たちもそういう類《たぐ》いなのだろう。

「申し訳ありません。お客様のご希望のハンバーガーですが、うちでは応じかねます」

頭を下げ、謝罪する。

右の男はなにか言いたげな様子を見せたが、その前にもうひとりの客、眼鏡の連れが割り込んだ。

「だからメニューにあるもの選べって。ほら、ランチセットでいいだろ？　うまそうじゃないか。ランチセットふたつで」

連れに宥《なだ》められ、渋々ながら男は了承する。

「ありがとうございます」

再度頭を下げ、助け船を出してくれた彼に目礼してテーブルから離れ、厨房へ戻った。

その後しばらくは何事もなく時間は過ぎた。いつもどおり昼の部が終わるはずだったが、またしても問題が起こる。

同じ男だ。

「うわ〜、なんだよこれ」

声を上げた男に和孝のみならず、津守も村方《むらかた》も、居合わせた客も一斉に目を向ける。みなが注視するのも構わず、男はさらに大声を出した。

「嘘《うそ》だろ。信じられない！　どうなってるんだよ、この店！」

すぐさま津守が駆け寄り、対応する。和孝はひとまず厨房から様子を窺うつもりでいたものの、そうはいかなくなった。

「サラダに虫が入ってるんだけど。これってゴキブリじゃないの？」

途端に客たちが食事を中断したのがわかった。なかには口許《くちもと》を手で押さえ、蒼褪《あおざ》める客もいる。

「そんなはずは……」

慌てて男のもとへ向かい、テーブルの上の料理を確認する。男の言うとおり、サラダに虫が混入していた。

「……これは」

一・五センチほどの大きさがある。ここまで大きい虫が混入しているのを気づかずに客に出すなど、あり得ない。言うまでもなくどんな小さな異物であろうと、これまでは一度としてなかった。

疑念を抱き、どう切り出すべきかと思案していると。

「さすがにこれはひどいな。ていうか、早く持ってってくれない？　俺、虫が大の苦手なんだよ」

げえ、といまにも嘔吐《おうと》せんばかりの連れの彼の言葉に、村方へ視線を送る。すぐさま村方が皿を下げるのを待ってから、和孝は腰を折った。

「申し訳ありません。すぐに新しいものをご用意します」

事前に男が持ち込んだ虫を置いたのではないかと疑っている。が、証拠がない以上、全面的にこちらが折れるよりほかなかった。

「いいよ、もう。いらない。こんな店が出した料理なんか、一口だって食べたくないね」

これにも謝罪するしかない。

津守と村方は、他の客の対応に追われている。席を立つ客がいるのも仕方のないことだ。座ったままの客にしても、その場を動けずにいるだけだろう。

「では――なにをお望みでしょうか」

だが、この質問はまずかった。

「は？」

目を剝《む》いた男が声を荒らげる。

「もしかして俺が金目的だって言ってるのか？」

それと同時にグラスを摑《つか》むと、中の水を勢いよくかけてきた。

びしゃっと音がして、顔が濡《ぬ》れる。白いコックコートの襟元も濡れ、和孝は唇を引き結んだ。

スツールから腰を上げた警備員にかぶりを振ることで大丈夫だと示し、袖口《そでぐち》で顔を拭《ぬぐ》う。先日の今日で、と思わないではないが、BM《ビーエム》がなくなる前にはこの手のトラブルはしょっちゅうあったので、幸か不幸か慣れていた。

「最悪だな。この店は、客を犯罪者扱いするって？　ていうか、俺のスラックスまで濡れたじゃないかよ」

テーブルが濡れたせいで、男のスラックスまで雫《しずく》が垂れたようだ。顔をしかめた男にまた謝り、クロスをとろうと身を翻す。
二、三歩進んだところで、
「逃げる気かよ」

男が的外れな抗議をしてきたので、説明するために振り返った。

「いえ、そんなことは……ぁっ」

目の前にグラスが飛んでくる。咄嗟に顔を背けたが――覚悟していた衝撃はなかった。グラスが床にぶつかり、がしゃんと割れる音だけが耳に届く。

「え」

どうしてなのか、理由は明白だ。男との間にひとりの客が割って入り、自分の代わりにグラスの攻撃を食らったのだ。ブランドのロゴの入ったブルゾンを身に着け、目深にキャップを被《かぶ》ったその客は手で右目のあたりを押さえながらも、果敢に男に抗議する。

「我慢の限界だ。グラスを投げつけるなんて、和孝くんが怪我《けが》でもしたらどうしてくれるんだ。許されることではないぞ！」

この声にはもちろん憶《おぼ》えがあった。よく見れば後ろ姿にも、だ。

キャップにおさまっていた髪がはらりと落ちると、もはや間違えようがなかった。

「――榊《さかき》、さん？」

榊はブルゾンの肩を怒らせ、なおも男を糾弾する。

「私は弁護士だ。おまえたちのやったことは、威力業務妨害に当たる。そしてこれは、立派な傷害罪だ」

榊の言葉に、男が肩をすくめた。

「俺が故意に虫を入れたって証拠がどこにあるんだよ。あと、傷害っていうけど、そっちから割り込んだんだろ」

男の言うとおりだ。証拠はない。榊へも、ぶつける気はなかったといくらでも言い逃れができそうだ。

「あー、もう限界」

これまで比較的おとなしかった眼鏡の連れが、ここで口を挟んできた。

「リーマンって、みんなマゾか？　こんなので首締めつけてよ」

これまでとはがらりと変わった男の態度、話し方にはっとする。この手の輩《やから》ならよく知っていた。

ＢＭの頃。いまの店を始めてからも何度かある。難癖をつけてくるような奴は総じてみなこのタイプで、自身を大きく見せようと躍起になっているのだ。

「そりゃ、マゾじゃなかったら満員電車になんか乗らねえだろ」

もうひとりも半笑いを浮かべた。乱暴な手つきで解いたネクタイをポケットに押し込むと、へらへらとだらしなく頬《ほお》を緩めつつ立ち上がる。

やくざであってもそう見えない者はいくらでもいるとはいえ、目の前にいるふたりは口調や態度は乱暴であっても、見た目はどこにでもいる三十前後の男だ。次に会ったとしても、そうとは気づかないかもしれない。

「まあ、そこそこ愉しめたし、今日のところは帰ろうかね」

言葉どおりふたりが椅子《いす》から腰を上げる。立ち去ろうとドアへ足を向けた男たちを、和孝は引き止めた。

「待てよ」

俺の店で好き勝手しやがって、そこそこ愉しめた？　冗談じゃない。

怒りに震えながら、ふたりを睨《ね》めつける。

「あんたら、何者だよ。金じゃないっていうなら、なにが目的なんだ」

実際は問うまでもない。先日の「たまたま」来た奴らと同じ。厭《いや》がらせだ。

久遠の息のかかった店を潰《つぶ》したいのか、またメディアに叩かれるのを見て愉しみたいのか知らないが、ここにきて頻繁になったのは、久遠の身辺がいよいよ激化してきたということだろう。

「この場は僕に任せて、きみは下がっててくれ」

怪我をしているにもかかわらず、榊は一歩前に出る。

痛々しげな顔を目の当たりにし、男たちを問いつめている場合ではなくなって和孝は榊の顔を覗《のぞ》き込んだ。

榊の右目の周りは赤く腫《は》れている。当たった場所が悪かったようで、白目まで真っ赤に染まっていた。

まずは病院だ。

「出ていってくれ」

和孝は男たちへ口早に言ったあと、今度も動画を撮っているはずと期待を込めてちらりと村方を窺う。

思ったとおりその手にはさりげなく携帯があり、さすがだと頬が緩んだ。怪我人が出た以上、前回のと合わせて被害届を出すつもりだった。

厨房でクロスを使った簡易氷嚢《ひょうのう》を作り、それを榊に渡したあと、タクシーを呼ぶために携帯を手にする。

自分の車でもよかったが、そうしなかった理由はふたつ。ひとつは榊を乗せたくなかったから。もうひとつは、久遠の事故が頭をよぎったのだ。

これ以上自分になにかあれば、久遠にも迷惑をかけるはめになる。注意してしすぎることはない。

手配をする間に男たちは存外あっさり出ていき、残っていた客を見送る。

「タクシー呼びましたので、病院に行きましょう」

その後声をかけると、怪我をしているにもかかわらず榊は嬉《うれ》しそうに破顔した。

「心配してくれるんだね」

傷は痛いはずなのに、子どもみたいに無邪気に喜ぶ榊に相変わらずだと呆《あき》れるが、それとこれとは別問題だ。自分のせいで怪我を負ったのは事実で、万が一にも当たり所が悪かったら――そう思うとぞっとした。

「相手が誰でも心配します」

榊だからではないと、ことさら強調する。しかし、

「本当に和孝くんは優しいな」

今度は的外れな思い込みで頰を染めるのだ。

過去のいざこざなどなかったような態度には、どう接していいのかわからなくなる。得体の知れない男だ。どこまでが真実で、どこからが虚構なのかもあやふやで、落ち着かない。

「とにかく、行きますよ」

そんな人間を相手にまともに接しても無駄と判断し、タクシーが到着するまでの間、距離を置いて待つ。

「大智《だいち》坊ちゃん」

警備員が呼んだのは、津守のことらしかった。

「わかってる。村方には俺がついてる」

たったいまトラブルがあったばかりだし、いつ誰が絡んでくるかわからない状況で津守の存在は心強い。

村方もそう思ったのだろう、心なしか肩の力が抜けた。

「津守くん、大智坊ちゃんって呼ばれてるんだね」

気分を変えるためもあって、ふっと頰を緩める。

津守は、厭そうに鼻に皺を寄せた。

「祖父の代からのつき合いのひとがそう呼ぶもんだから、みんなが真似し始めたんだよ。やめてくれって言ってるのに」

不服げな視線を警備員に流す津守に、

「いいじゃん。大智坊ちゃん」

はは、と笑ってひと息つく。

五分後、津守と村方に留守を預けて店の外へ出た和孝は、まずは榊をタクシーへ促した。

榊と並ぶ気にはなれないため、後部座席を警備員に譲り、助手席のドアを開けた、その直後、警備員が叫んだ。

「避けてくださいっ」

「え」

いきなりのことに驚き、振り返る。エンジンを吹かす音が耳に入ったのと、猛スピードでこちらへ突っ込んでくるバイクを目視したのはほぼ同時だった。

「……っ」

後ろへ下がったそのとき、男は背中に隠し持っていた金属バットを振り上げる。

駄目だ。間に合わない！

殴られる！

反射的に頭を両手で庇った瞬間、ぶんっと耳元で音がした。その後も、どくどくと心臓の音が耳の中でこだまする。

どうなったのか。反射的に瞑《つぶ》っていたらしい目を開けてみると、道路に座り込んでいた。

「怪我はないですか」

「え、あ……はい」

すぐ近くからの問いに、状況を把握する。襲いかかってくるバットより一瞬早く、警備員が身体《からだ》を後ろへ引っ張ってくれたのだ。

おかげで難を逃れたが、とても喜ぶ気になどなれない。

あの音からすると、相手は思い切りバットを振り切ったにちがいなかった。もし当たっていたらと思った途端……どっと冷や汗が噴き出し、恐怖で身体が固まった。

標的を失ったバイクはふらふらと蛇行した後、数メートル先でいったん停《と》まる。苛立った様子でヘルメット越しにこちらを見て、ふたたび動き出した。

だが。

「なんてことを！」

突如現れた男が飛びかかったせいで、バイクは機械音を轟《とどろ》かせてその場に倒れる。バイクから投げ出された犯人はよろよろと立ち上がって逃げようとしたが、その前に体当たりされてまた倒れ込んだ。

「おまえ、何者だっ。和孝くんを狙《ねら》うなんて……許さないっ」

やったのは、先にタクシーに乗っていたはずの榊だ。榊は犯人に跨《また》がり、激しい剣幕で責める。どこか痛めたらしい男が呻《うめ》き声を上げていようと、お構いなしだ。

「どうした！」

津守と村方が店から飛び出してきた。

「オーナー、大丈夫ですか！」

ふたりは一瞬で状況を把握したようだ。村方は警察へ通報し、津守はバイクの男を榊の下から救い出すと拘束した。

「ありがとう……ございます。大丈夫です」

その間、警備員は和孝を庇う格好でそこから動かなかった。警備員の仕事はひとつなのだとあらためて認識し、再度礼を言う。

運転席で身を縮めているタクシーの運転手に謝罪しようとようやく立ち上がった和孝だが、ドアレバーに右手をかけたとき、手首にずきりと痛みが走った。

「どうされました？　手首を痛めましたか？」

「少し、捻《ひね》ったみたいです」

踏んだり蹴《け》ったりとはこのことだ。手首を痛めたとなると仕事に支障が出るし、場合によっては休業せざるを得ない。

いや、ここはこの程度ですんでよかったと喜ぶべきだ。相手は本気だった。もし警備員がいなかったらどうなっていたか。想像すると背筋が凍った。

「警察には俺が対応するから、柚木さんはこのまま病院へ行って自分も診てもらったほうがいい。事情聴取は明日にしてもらえるよう頼んでおく」

「ありがとう。頼むな」

津守の申し出を素直に受け、当初の予定どおりタクシーに乗り込む。警察が来るまで待ってもよかったが、いまの出来事のせいでどっと疲労が押し寄せてきた。

病院に到着するまでの十五分ばかりの間はあえてなにも考えずに過ごした。

後部座席から何度か話しかけてきた榊にも応じる気力はなく、目を閉じ、狸寝入《たぬきねい》りでやり過ごす。犯人を確保できたのは榊のおかげとはいえ、いまはなにも考えたくなかった。

しばらくして総合病院に到着する。以前、ＢＭが火災に遭った際に世話になった病院だ。自分ひとりなら近所の整形外科でもよかったが、榊の目は念のため詳しく検査してもらったほうが安心だった。

相容《あいい》れない相手であっても、自分のせいで怪我をしたとなれば寝覚めが悪い。

幸いにも和孝自身は捻挫《ねんざ》ですみ、処置をしてもらうと榊が終わるのを警備員とともにエントランスホールの待合スペースで待った。

「大丈夫ですか？」

警備員に問われ、はい、と答える。

「おかげさまで軽傷でした」

あらためて礼を言ったものの、どうやら怪我のことではなかったらしい。

「怖いのは当然です。我慢しなくていいですから」

「…………」

警備員の言葉に、いまになって自分が震えていると気づく。なんとか止めたくて身体に力を入れても、どうにもならなかった。

あきらめて、震える手を大腿《だいたい》へ置く。

確かに、怖い。

すぐ近くで金属バットが空を切った音ははっきりと鼓膜にこびりついている。あと数センチずれていたら、いまここには座っていなかっただろう。

あのバイクの男が何者であるかは知らない。直前に店に来た男たちと関係があるのかないのか、じつのところ何者であろうと自分にしてみれば同じだった。重要なのは、男が本気だったということ。

これまでの厭がらせの類いとは次元がちがう。

なにかが変わった？　久遠側か、それとも相手側か。

もしくは――。

「初めから、か」

ぼそりと呟《つぶや》く。

どうやら自分は、やくざを甘く考えていたようだ。わかったつもりで、なにひとつわかっていなかった。

上総や沢木、一時期警護についていた組員等、関《かか》わりのある人たちはみな久遠という大きな存在を通して自分を見ている。しかし、一歩外へ出るとそうはいかない。そもそも暴力の世界に身を置いている者らが厭がらせなんてレベルですませるはずもなく、いつでも喉笛《のどぶえ》を掻《か》き切ってやるという状況に初めから自分は置かれていたのだろう。

ここまでくると、相手はなにをしてくるか予想もできない。久遠を陥れるため、苦しめるために一料理人でしかない自分まで手にかけようとしてくるなど、あまりに異常だ。

いや、そんなことはわかりきっていたのに。

「和孝くん」

不愉快な思考に囚《とら》われていた和孝は、歩み寄ってくる榊の姿にはっとしてそちらへ視線を向ける。椅子から腰を上げたものの、眼帯の痛々しさを直視するのもいまは苦痛だった。

「……目は、どうでしたか」

「こんなの、平気だよ。すぐに治るって」

よかった、と返す。どうやらバイクの男に飛びかかった際に手のひらを擦《す》り剝いたようで、そちらの治療も施されていた。

「すみません」

榊に謝り、会計まで三人で座って待つ。

「僕が好きでやったことだから、謝る必要なんてないんだ」

榊ならこう言うだろう。なにひとつ共感も理解もできない男であっても、この一点に関しては疑う気にならない自分が滑稽《こっけい》で、心中で嗤《わら》う。こんなところで自分はなにをしているのかと、どこか他人事《ひとごと》みたいな感覚にもなっていた。

恐怖心はある。本音を言えば、恐くてたまらない。

でも、いま震えが止まらないのはおそらく他の理由からだ。それがなんであるか考えても思い浮かばなかったのに、直後の榊の一言でよけいに混乱する。

「それにね。僕は喜んでいるんだよ。どうやら彼もやっと認めてくれたようで、きみのことを頼むと電話をくれたんだ。そのあと、こうやって傍《そば》できみの無事を確認できたんだから、こんな嬉しいことはない」

「……彼？」

「そう。久遠さん」

「…………」

覚えず吹き出しそうになった。

久遠が榊に頼んだ？　嘘をつくにしても、もっとマシな嘘があるだろう。

「きみの安全を考えれば遅すぎるくらいだけどね」

なのに、榊が得々と語るせいで次第に不快になってくる。

「申し訳ないけど、警備員は言っても仕事だからね？　その点で僕はちがう。心からきみを守りたいし、そのためだったらなんでもできる。彼の判断は正しい。僕なら自分の命に替えても――」

「榊さん」

榊の口上をさえぎり、和孝は椅子から腰を上げた。

「会計、順番が来たのですませてきます」

僕が払うとしつこく言ってくる榊を無視して、会計をすませる。内心では榊に対して、それ以上に自分自身に苛立ちがこみ上げていた。

久遠と自分の問題に首を突っ込まれるのは我慢ならない。これまで自分たちがどんな気持ちで、どうやって寄り添ってきたかも知らないくせに、と怒鳴ってやりたい。そうすべきなのに黙っている自分が腹立たしいのだ。

なぜなら、榊の言葉を否定しきれずにいる。こういう状況にまで追いつめられた場合の久遠がどう出るか、自分には厭になるほど経験があった。

なにかあるたびに距離を置かれ、電話も制限され、蚊帳《かや》の外に置かれてきたのだ。

そして、今度はそこに榊という第三者を介入させた。

「…………」

——俺の人生に巻き込まれる覚悟はあるか？

あの日、久遠はそう聞いてきた。

心は決まっていたので、即答した。

——とっくにだって。

その言葉に微塵も迷いはなかったし、いまも同じだ。久遠への気持ちも覚悟も一ミリだって変わらない。

一方で、自分はこうなることを予感して、震えていたのかもしれないとも思う。だから他人事で、どこか嘘くさく感じているのかと。

いま久遠と離れることは、これまでの場合とは意味合いがちがう。

どこが？

なにがちがうと思ってしまうのだろう。

「柚木さん」

警備員の呼びかけにはっとし、思考をストップする。

「帰りましょう」

帰りもタクシーを呼び、ふたりとともに病院を出た和孝は、ちょうど駐車場に入ってきた黒い車に目を留め、息を呑《の》んだ。

「………」

停車してすぐ、運転席から男が降りる。沢木だ。沢木が後部座席のドアを開けると、そこから久遠が姿を見せる。

距離にして、十メートル足らず。

遠目であっても自然に意識が吸い寄せられ、その場に立ったまま久遠を見つめる。

沢木を連れ、玄関へ足を向けた久遠がこちらへ気づいた。視線が合い、和孝はすぐにでも駆け寄っていきたい衝動に駆られる。

いや、駆け寄らなくても一分もたたずに顔を合わせることになるので、少しは話ができるだろうか。

今日はいろいろなことがありすぎて、とても平静を保てそうにない。

不愉快な男たちがやってきて、金属バットで殴られかけた。ああ、それよりなにより、榊が妙なことを言いだしたのだから。

——榊さん、相変わらずだよな。らしくない格好で店に来たこともそうだけど、なにを考えているのか、あのひと、久遠さんから俺を任されたとか言い始めたよ。

そう言って笑い飛ばす。

久遠さんがそんなことを頼むはずないのにさ。もっとマシな嘘をつけばいいのに。

少しずつ距離が近くなる久遠を見つめたまま、和孝は最初になにを言おうかと思いつつ口を開く。

「久……」

久遠さんはどうしてここに?

だが、なにも言えなかった。言う隙《すき》がなかった。すぐ目の前まで近づいてきた久遠は、顔色ひとつ変えずに和孝の手首を一瞥しただけで、そのまま歩みを止めることなく病院内へ入っていった。

「…………」

後ろに従う沢木が一瞬怪訝《けげん》な表情をするほど冷淡な態度だった。

「なんだろうな。挨拶ひとつしないで」

ふん、と榊が不満そうにこぼす。これだから反社は、とでも言いたげな口調だが、どうでもよかった。

公共の場だ。他人のふりをしたほうがいいと判断したのだ。久遠の態度は納得できる。

「……は」

なにを深刻になっているんだ。やはりいろいろあったせいで今日は少しナーバスになっているようだ。

襟足へ手をやったとき、ポケットの中で携帯が震えていることに気づいた。急いで取り出してみると、そこに表示された名前に、肩の力を抜く。

「先にどうぞ」

帰りは榊ひとりでも大丈夫だろう。到着したタクシーを榊に勧め、和孝は警備員に背を向けると携帯を耳にやった。

「誰かのお見舞い？」

和孝の問いかけに久遠は答えず、予想だにしなかった言葉を発した。

『いますぐここから離れろ』

「……え」

ここ、というのはきっと病院を指しているわけではない。だとすると、店を休み、街からも離れるという意味になる。

そんなことはこれまで一度だってなかった。

「俺を……巻き込むんじゃなかったのかよ」

理由を聞くつもりだったのに、まるで用意していたみたいに真っ先にこの言葉が口からこぼれ出る。

「いまは誰も軽率な真似ができないんだろ？」

つい責める口調になるのはしようがない。実際久遠はそう言ったし、それを証明するかのごとく頻繁に連絡を寄越し、会ってもいた。

自分が巻き込まれる覚悟を決めたように、久遠もそうだとばかり思っていた。

「もしかして、その時期はもう終わったってこと？」

『そうだな』

久遠はあっさり認める。

『守り切れると思っていたんだが——俺が間違っていた』

「……間違っていた？」

すまない、と聞きたくもない謝罪を聞き、愕然《がくぜん》とする。まるでこの機会を逃したら謝れなくなるとでも言いたげだ、と思ってしまい、返す言葉を失った。

「そ……」

そんなことが聞きたいわけではない。謝ってなんてほしくない。久遠に謝られたら、これまでのすべてはどうなるのか。

やめてくれと言いたかったのに、声にはならずに和孝は胸を喘《あえ》がせる。

『そうだ。間違っていた。俺の失態だ』

まるで傷口を抉《えぐ》るかのようにそうくり返した久遠の声は、普段よりも微《かす》かに低い。口調こそいつもと変わらず淡々としているが、内心はちがうのだと察するには十分だった。

おそらくいま久遠の腹の中は怒りに満ちているだろう。これまで勝つための策を講じてきて、必ず勝ってきた男がこの局面で「間違っていた」「俺の失態だ」と認めなければならない腹立たしさは、想像を絶する。

『できるだけ遠くへ行って、行き先は、誰にも話すな』

その一言は最後通牒《つうちょう》のように耳に響き、和孝は口先だけの悪態をついた。

「俺に……選択肢はないんだ？　店はどうするんだよ。俺には俺の都合があって……」

いつもどおりにしなければなにもかもが変わってしまうという恐怖心がそうさせたのかもしれない。事実、自分がなにより気にしているのは店や家、都合などではなかったのだから。

「結局、俺は、足手纏《あしでまと》いってこと？」

『――ああ』

一瞬も迷わず返ってきた久遠の答えを聞いたとき、自分が意外に思わなかったことに気づく。久遠なら、こう答えるだろうと予想はついていた。

「それだけ？」

そう問うたのが最後になった。電話はぶつりと途切れ、同時に周囲の生活音が戻ってくる。自動ドアの開閉の音や院内放送、人々の話し声、それから車のエンジン音。

「和孝くん」

どうやら榊は先に帰らなかったようで、こちらを窺ってきたかと思うと、表情を曇らせた。

「和孝くん。なにかあったんだね」

「いえ……」

一度は否定したものの、こうなった以上、取り繕ったところでどうしようもないと悟る。だからこそ、これほど重要なことにもかかわらず久遠は電話一本ですませたのだ。

「俺は、足手纏いらしい」

乾いた笑いが漏れた。次は、ははと無理やり笑ってみる。いまの会話を言葉にすれば、じつに簡単だ。たった一言で足りる。

「——和孝くん」

榊の表情が一変した。憤りや憐《あわ》れみを覗かせる半面、その目には明確な喜びもあった。相変わらずの変人ぶりだ、ととるに足らないことを考える。でなければ、自分はどうすべきなのかと逡巡《しゅんじゅん》し、懊悩《おうのう》して一歩も進めなくなりそうだった。

ようするに、いわばこれは自己防衛だ。なんて、こんなどうでもいいことを思うこと自体、動揺している証拠だろう。

「まあ、そうだよな。俺は部外者だし、というか、こっちだって抗争のとばっちりなんてごめんだ」

しかも俺はまだしも、家族にまで手出しをされたら――ぶるっと背筋を震わせた和孝は、わざと軽い口調で続ける。

「もっとも手首がこれじゃあ、どっちにしたって店は休まなきゃならない。いっそ、どこか遠くへ行くかなあ」

案の定、榊が食いついてくる。

「それ、いいな！　僕がつき添うよ。あ、でも、もし和孝くんがひとりがいいっていうなら、視界に入らないようにしよう。だから、近くにいることを許してほしい」

怖《こえ》えよ、と心中で返しつつも聞き流す。

いまはまだ、冷静に対応するのは難しかった。

「海外なんてどうだろう」

すでに榊は警備員の存在を忘れているのか、まるで旅行の計画を立ててでもいるかのように提案し、瞳《ひとみ》を輝かせる。

「いいですね」

口先だけでそう返すと、いっそう嬉しそうに口許を綻《ほころ》ばせた。

「じゃあ、決まりだ。僕はさっそく準備しないと」

嬉々《きき》としてタクシーに乗り込み、榊は自宅へ帰っていく。

その間、和孝の頭にあったのはどこへ行くかではなく、いつまで、のほうだった。

一週間か、一ヵ月か、半年なのか、それとも一年か。もっと長いのか。おそらくそれを問うたところで誰も、久遠ですら答えられないはずだ。

夕闇《ゆうやみ》の迫り始めた空へ目線を上げる。病院に来たときはまだ晴れていたのに、灰色の雲が張り出していて、いまにもひと雨きそうな様相を漂わせていた。

きっと今夜の月は雲の陰に隠れてしまっているだろう。それを少し残念に思ったものの、ちょうど到着したタクシーの後部座席に警備員とともに身体を入れ、店ではなく自宅の住所を告げた。

いくらもせずに、ぽつり、またぽつりと窓ガラスに雨滴が落ち始める。やがて幾重もの筋を描きだしたそれを、和孝は家に到着するまでただ黙って眺めていた。

アクト・チューン

自宅へ帰り着くや否や、榊《さかき》はまっすぐ寝室へ向かう。クローゼットの奥からスーツケースを引っ張り出すと、鼻歌まじりで荷作りにとりかかった。

「あ、そうだ。パスポート」

行き先は決まっていないが、和孝《かずたか》にも言ったように国外へ出るつもりだ。

日本にいるから、やくざの抗争だなんだと面倒事に巻き込まれる。和孝にはもっと自由に、感情の赴くまま振る舞ってほしい。それこそが彼にふさわしいと、以前からずっと思っていた。

今回はいい機会だ。

和孝の安全の確保のために別荘にしばらく居てもらおうとした計画は断念するはめになったが、かえってよかったのかもしれない。こうなってみると、なにもかもうまくいきそうな気すらしてくる。

すべては和孝のため、だ。

「ハワイ、モルディブ。ヨーロッパも捨てがたいな。ふたりでシャンゼリゼ通りを歩いたら、どんなに素晴らしいだろう」

荷物は最小限でいい。必要なものはその都度現地で調達したほうが合理的だし、なにより買い物の愉《たの》しさも味わえる。

きっと和孝も同じように考えるにちがいない。小ぶりのスーツケースひとつで空港にやってくるだろう彼の姿を脳裏に思い浮かべると気がはやり、荷造りを中断した榊は携帯を手にとった。

行き先の相談という理由でかけてしまおうか。

さっき会ったばかりなのに、もう寂しい。声が聞きたい。

迷っていると、突然手の中の携帯が着信音を奏で始めた。

「わ」

もしかして以心伝心では——その期待は一瞬にして打ち砕かれる。

「……なんの用だ」

せっかくの昂揚《こうよう》も一瞬にして萎《な》えた。

「はい。もしもし」

いまは悠長に電話をしている気分ではない、と口調に込めて応じる。もっともそれを察して遠慮してくれるような人間だったなら、こちらももっとまともな対応をしていたのだが。

『普通に電話に出るんですね。もしかして開き直ってるんですか？　今日、面倒を起こしたっていうじゃないですか』

咎《とが》めるつもりか、挨拶《あいさつ》もなしに開口一番で不愉快な話題を振られ、いっそう嫌気が差す。成り行きとはいえつき合いができてしまったことを後悔するほどだ。

「面倒起こしたんじゃなく、起こした者を捕まえたんですよ。間違えないでください」

和孝に蛮行を働いた男を思い出し、怒りで腹の奥が熱くなる。

あの男は命拾いをした。万が一にも和孝の血が流れていたなら、あの場で迷わず息の根を止めていただろう。

『同じことでしょう。そもそもどうしてあそこにいたんですか』

荒々しい口調で責められ、うんざりする。

そもそもの話をしたいのなら、自分と同列に語ること自体誤りだ。

僕には大事な務めがある。和孝くんを守るという、なにより優先すべき務めが。おまえみたいにいいように使われている者と一緒にするな——そう切り捨ててやってもいいが、いまはそれすら億劫《おっくう》だった。

大事なのはこの時間を邪魔されないこと。

せっかくふたりきりで旅行——いや、この際逃避行としよう——の準備をしているというのに邪魔するなど、これほど無粋なことはない。許しがたい行為だ。

「すまなかったね。まあ、僕もいろいろあったんだ。いま手が離せないから、近々ちゃんと説明するよ」

『謝ってすむことじゃないです。小さなミスが命取りになることもあるんですから。気をつけてもらわないと』

嗤笑《ししょう》を浮かべつつ、再度すまなかったと愛想よく返す。

つくづく電話でよかった。そうでなかったなら、よく動く口を即刻塞《ふさ》いでいたにちがいない。

あ、もちろん手で口を押さえるという意味だけど、と誰ともなしに言い訳をする。

自分はあくまで弁護士であって、基本的に荒っぽい行為は不得手だ。だいたいのことは脳みそを働かせて、ちょっとした行動を起こせば解決できる。

だが、それを理解できない人間がいるのも事実だ。

少し助言してやったらいい気になって、まるで自分が上位にあるかのように振る舞いだす。こちらの弱みに付け込んで脅しているつもりなのかもしれないが、必要だからつき合ったのであって私利私欲で動く輩《やから》と一緒にされては不本意だ。

そういえば、あのときもそうだった。

榊はベッドに腰かけ、記憶を辿《たど》る。

あの南川《みなみかわ》という記者が利用されたあげく死んだことについては、なんら同情はしない。やりすぎた者はいずれ相応の罰を受けると相場は決まっている。

和孝につきまとい、貶《おとし》めた罪は重く、そういう意味では当然の結果と言えた。

悪は滅びる。正義は勝つ。時代は移り変わろうともそれが世の理《ことわり》だ。

そして自分の正義こそ彼、柚木《ゆぎ》和孝なのだ。

『めったなことはしないでください』

うるさいな。第一、なんの権利があって僕に忠告をする？

声には出さず、腹の中だけで反論する。

おまえと一緒にするな。所詮《しょせん》、おまえも欲に駆られた悪にすぎない。実際に言ってやってもよかったが、無駄に電話を長引かせて、せっかくの昂揚を台無しにされたくなかった。

「わかってる。きみこそ、伊塚《いづか》くんと張り合おうとしないほうがいいよ」

ちょっとしたアドバイスのつもりだったが、図星だったらしく途端に激高する。

『な……俺があいつと？　冗談じゃないっ』

気が短いのは悪い癖だ。と言っても、よけいだと言ってまた怒鳴ってくるのだろう。

「じゃあ、取り込んでるからこれで失礼するよ」

うんざりしつつ言い終わると同時に、電話を切る。すっかりしらけてしまっていたが、引き摺《ひず》ってしまうのはばからしい。さっさと忘れて、また荷造りを愉しめばいい。

「ああ、そうだ」

榊は寝室を出ると、奥の部屋へ移動した。この部屋の白いソファには、つい先日まで絶対的な主《あるじ》がいた。

いまとなってはもう過去の話だ。本物と接点を持ってしまった時点でそのちがいに失望し、途端にゴミも同然に見え始めた。

雲泥の差。月とすっぽん。雪と墨。

比較することが間違いだ。

柚木和孝はたったひとり、唯一無二の存在なのだから。

「やっぱり、これは置いていくか」

ぐるりと壁を見渡す。

人形を処分したあと、寂しさを慰めてくれたのは和孝の写真だった。無論許可を得たわけではないが、動き、笑い、話す彼を前にすれば誰でも一瞬で魅了される。できることならずっと見つめていたいと思うだろう。

だが。

「今後は和孝くんがいてくれるんだ。全部置いていこう」

数えきれないほどの写真をひとつひとつ眺めてから部屋を出た榊は、どこか甘酸っぱい気分でドアを閉めた。

「ああ、そうだった。家に連絡しておかないとまずいか」

突然いなくなったと知れば、両親に心配をかけてしまう。血の繋《つな》がりはなくとも彼らのおかげで現在の自分を手に入れられたのは事実だし、ひとり息子は高齢の親を大事にするものだ。

「ああ、お母さん？　元気ですか？」

初めは挨拶と、軽く近況を報告し合う。普段ならばその後母親の世間話につき合うのだが——今日は飛ばして本題に入った。

「じつは急に海外出張が入ったんです。向こうの友人にしばらく手を貸してほしいと頼まれて——ええ、断れなくて」

『急って、いつからなの？』

「明日か、明後日《あさって》か。少なくとも一両日中には日本を離れる予定です」

『本当に急なのね。それで、どこの国なの？』

「それはですね」

和孝くん次第なんだ。和孝くんの行きたいところが、僕の行きたいところだから。

ふ、と思わず笑みがこぼれる。

「——あ、すみません。ちょうど仕事相手から電話が入ってしまいました。もう切らないと」

『邪魔してはいけないわね。洋志郎《ようじろう》さん、あなたは私たちの誇りよ』

「ありがとうございます」

さて、これで務めは果たした。

あとは、待ち人からの連絡を待つばかりだ。

とくとくと速いリズムを刻んでいる鼓動を意識しつつ、携帯が鳴るのをじっと待つ。少しでも早くと気が急《せ》く半面、いま、このときをたっぷり味わいたいという相反する感情がこみ上げてきた。

「きっと守ってみせるから」

携帯を見つめ、頬《ほお》どころか身体《からだ》じゅうが熱くなるのを感じて、榊は自身の正直な気持ちに身を委《ゆだ》ねる。

愛するひとだけを想《おも》い、生きる愉楽。

それこそが自分の望んだ理想的な人生だと、いまある幸福を嚙《か》み締《し》めながら。

あとがき

こんにちは。高岡《たかおか》です。なんだかあっという間にここまできた感じがしてます。勢ぞろいとなったキャラたちはそれぞれ思惑があって動き始めているので、和孝《かずたか》は気の休まる暇もありません。自分で選んでそういう世界に足を踏み入れた久遠《くどう》にしても、頭の中は半分二十五歳なので、未熟さをどうやって補っていくのか、運を味方につけることも重要になってきました。

さておき、今回も電子オリジナルと同時配信です。本編には入れられない主要キャラの思いを補充していただくために、そちらもチェックしてくださいませ！

沖《おき》先生、お忙しいなかいつもありがとうございます！　今作のイラストも拝見するのがとても愉《たの》しみです。なによりおつき合いくださっている読者様に、心からの感謝を捧げます！

真夏にお送りする『ＶＩＰ　熱情』、どうか少しでも愉しんでいただけますように。

高岡ミズミ

ヘヴン

パプリカとズッキーニは冷蔵庫に、鶏肉は冷凍庫にあるので、ナスとトマトをカートに放り込む。それからアサリ、新鮮な真鯛《まだい》。

「あ、ビールの買い置きって、どうだったっけ」

まあ、ストックがあったとしてもどうせ飲むから買っておくか。

次々に商品を入れていくと、ショッピングカートはあっという間にいっぱいになる。ミネラルウォーターは——持って帰ることを考えれば、次回ふたりで来たときにしたほうがいいだろう。

「あと、ヨーグルト」

ついでにチーズも入れ、和孝《かずたか》はレジに並ぶ。平日昼間のスーパーマーケットは買い物客も少なく、すぐに順番が回ってきて、顔馴染みの店員と挨拶《あいさつ》を交わした。

「今日のディナーはアクアパッツァ？　いいわね～」

「あのひと、白身魚が好きだからね」

「あら、ごちそうさま。料理上手なパートナーで、彼は幸せね」

「それ、本人に言ってくれる？」

ついでに雑談もする。近くのコンドミニアムに住み始めて一ヵ月あまりの自分たちに近隣住人はみな好意的で、親切だ。外出時にシャツとチノパンを身に着けていたのは最初の二、三日だけで、いまやどこへ行くにもTシャツとひざ丈のパンツというラフな格好になったのも、周辺の人たちに恵まれたおかげだと言える。

「そういえば、さっきワインを買っていったわよ。あと、マンゴーも」

「マンゴー？　やった。俺、大好き」

「だからじゃないの？　素敵ねえ。仲が良くて羨ましいわ」

「あー……まあ」

ウィンクしてきた店員に、和孝は多少の照れくささもありつつ笑みを返す。仲がいいとか羨ましいとか言われるのにもいくらか慣れてきたが、少し前まではそんな日がくるとは考えもしなかった。

「彼によろしく」

店員の言葉に右手を上げて応《こた》え、エコバッグに詰め込んだ食材を肩にかけてスーパーマーケットをあとにする。

コンドミニアムまで徒歩で十分ほどの距離をのんびりと歩きながら、目に痛いほどの青空を見上げた。

絵の具を塗り広げたかのような空に、白い雲。日差しは強いものの、湿度が低いため風はさらりと心地よく、過ごしやすい。日焼けして、いまや小麦色になった自身の腕に目をやると少し不思議な感じがするが、そのうち慣れるだろう。

くん、と潮の香りに鼻を鳴らした和孝は、自然に頬《ほお》を緩めていた。ここへ来てからというもの肩の力が抜け、心底リラックスしている。過去のトラブルはすでに遠い出来事のようだ。

いまはなにもかもがちがう。生まれて初めての日焼けと同じで、目に映るものすべてが新鮮だった。

部屋に戻った和孝は、買ってきた食材をしまうためにキッチンへ足を向ける。エコバッグを空にして小さく畳んでから、

「久遠《くどう》さん？」

声をかけたが、どうやらまだ帰っていないらしく返事はなかった。連続ドラマに飽きたと言って久遠が出かけたのは、自分より三十分ほど早かった。ワインとマンゴーを持ったまま、いったいなにをしているのか。

「きっとあそこだな」

おおよその見当はつく。和孝は麦わら帽子を被《かぶ》って部屋を出ると、まっすぐ海岸へ足を向けた。

コンドミニアムから海まで歩いて十五分とかからない。潮の香りが強くなるにつれて空

気も肌に密着するような湿り気を帯び、それと同時に愉《たの》しげな笑い声も潮風にのって聞こえ始める。

街路樹の並ぶ道路を横切った途端、波の音が耳に届いた。どこにいても目立つそのひとは、砂浜でくつろぐ住人たちのなかにあっても捜す必要はなく、すぐに見つけられた。

顔見知りと挨拶をする傍ら、木陰で腰かけている後ろ姿を眺める。

風になびく髪を掻《か》き上げる様は、さながら映画のワンシーンのごとしだ。

背後から近づいていった和孝は、

「誘ってくれればよかったのに」

隣へ腰を下ろすと、どんと肩をぶつける。

「ドラマは終わったのか？」

「録画だし」

もっとも寄り道したくなる気持ちもよくわかる。青い海を前にすると、たいがいのことはどうでもよくなってくる。

並んでぼうっとしているだけで、十分だ。

ふと、ころころと転がるビーチボールが視界に入る。ボールを拾い上げた和孝は、こちらへ向かって手を上げた子どもたちにひょいと投げ返した。

少年が両手で受け取る。ナイスキャッチと笑いかけたところ、子どもたちから口々に礼が返った。

「You're welcome《どういたしまして》」

子どもたちはまたボール遊びに熱中し始める。愉しそうな様子を眺めつつ、砂を踏んでもとの場所へ戻ってからは、ふたたび久遠の隣でゆったりと過ごした。

「子どもっていいなあ。見てよ、あの笑顔」

屈託のない表情にこちらまでつられて頬が緩む。

「仲間に入りたそうだな」

「まさか。傍《そば》で見てるのがいいんじゃん」

自分が経験できなかったから、ともう恨めしく思う気持ちはない。いくら過去を悔いたところで無駄というのもあるが、いまこうなっているのならすべてに意味があったのだろうと思えるからだ。

「ふたりでさ、太陽の下でこうやってのんびりするって、すごいよな」

しみじみとそう呟《つぶや》いた和孝は、

「どう思う?」

子どもたちに目を留めたまま久遠に問う。

「どうって?」

久遠に横目で促され、一拍間を空けてから言葉を重ねていった。

「俺がレストランでアルバイトをしているときと、久遠さんが株をやってるとき以外、なにをするのもずーっと一緒だろ？　それこそ朝起きてから寝る瞬間まで——あ、寝てるときもか。そういうの、退屈じゃない？」

そんなことかとでも言いたげに、ひょいと久遠がシャツの肩をすくめた。

「おまえは？」

「俺？」

「退屈か？」

逆に質問されて、まさかと即答する。これに関していえば自分の場合、愚問と言ってもよかった。

「俺は——」

だが、そこでいったん言葉を切る。こちらから聞いたのに、先に返答したのでは意味がない。

「久遠さんの答えを待ってるんだけど」

ふいに、久遠の手が麦わら帽子に触れてきた。ぽんとひとつ叩《たた》いてすぐに離れていったが、変わらないその仕種《しぐさ》に胸がいっぱいになる。

「退屈だと思ったことは一度もない。完璧だろう？」

そう言った久遠の横で、和孝は青空を見上げる。きらきらと目に差し込んでくる陽光に目を細めながら伝える言葉は決まっていた。

「うん。完璧」

ついでとばかりに麦わら帽子をずらし、周囲から顔を隠して身を乗り出すと、すばやく久遠の唇を奪う。

自分でもずいぶん大胆だと思ったものの、これも太陽のせいにすることにして久遠の肩に頭を預けた。

「こういうこともできるしな」

そんな一言で片笑んだ久遠に、本当にと同意する。まるで夢のよう、と言えば、久遠は呆《あき》れるだろうか。

「やばい。眠くなった。本気で寝そう」

「確かに昨夜はあまり眠れなかった」

意味深長な言い方には、俺のせいかよと返す。小麦色の肌が新鮮なのは自分ばかりではないようで、日焼けしたところともとのままの肌の色の落差をやけに久遠は面白がっていた。

自分では見えない場所までいちいち指で辿《たど》って——寝不足なのはそのせいだ。

「ちょっと昼寝。少しだけじっとしてて」

心地いい睡魔にあらがわず、身を任せて目を閉じる。

もし夢なら覚めないでほしい。この夢を長引かせたい。ばかみたいだと承知していながら本気でそう思った。

久遠とふたり。

自分たちのことを誰も知らず、誰にも邪魔されない場所。

いまも、きっとこれからも時間ならいくらでもある。

「――和孝」

だから、どうかもう少しだけ寝かせてほしい。

潮の香りに混じって微《かす》かに鼻をくすぐってくるマルボロの匂いに、このままずっと包まれていたかった。

『VIP《ブイアイピー》　熱情《ねつじょう》』、いかがでしたか？
高岡《たかおか》ミズミ先生、イラストの沖麻実也《おきまみや》先生への、みなさまのお便りをお待ちしております。
高岡ミズミ先生のファンレターのあて先
〒112-8001　東京都文京区音羽2-12-21　講談社　講談社文庫出版部「高岡ミズミ先生」係
沖麻実也先生のファンレターのあて先
〒112-8001　東京都文京区音羽2-12-21　講談社　講談社文庫出版部「沖麻実也先生」係

N.D.C.913　222p　15cm

高岡ミズミ（たかおか・みずみ）
山口県出身。デビュー作は「可愛《かわい》いひと。」(全９巻)。
主な著書に「ＶＩＰ《ブイアイピー》」シリーズ、「薔薇王院可憐《ばらおういんかれん》のサロン事件簿」シリーズ。
Twitter　@takavivimizu

講談社X文庫
KODANSHA

white heart

VIP《ブイアイピー》　熱情《ねつじょう》

高岡《たかおか》ミズミ

●

2021年８月３日　第１刷発行

定価はカバーに表示してあります。

発行者――鈴木章一
発行所――株式会社　講談社
東京都文京区音羽2-12-21 〒112-8001
電話　編集　03-5395-3510
販売　03-5395-5817
業務　03-5395-3615
本文印刷―豊国印刷株式会社
製本――株式会社国宝社
カバー印刷―半七写真印刷工業株式会社
本文データ制作―講談社デジタル製作
デザイン―山口　馨

ISBN978-4-06-524306-0

ホワイトハート最新刊

VIP 熱情

高岡ミズミ　絵／沖 麻実也

「俺を……巻き込むんじゃなかったのかよ」和孝の恋人の久遠が組長を務める木島組は、不動清和会の抗争の火種となりつつあった。そして和孝の店にも余波が……。クライマックス直前！　急転直下の衝撃巻!!

裏切りはパリで

龍の宿敵、華の嵐

樹生かなめ　絵／奈良千春

永遠の愛を、ここに誓う——。ロシアン・マフィア「イジオット」の次期ボスと目される危険な男・ウラジーミルに、昼夜を問わず愛されている藤堂和真だったが……。「龍＆Dr.」シリーズ大人気特別編！

三番目のプリンス

ブラス・セッション・ラヴァーズ

ごとうしのぶ　絵／おおや和美

あなたが好き。この気持ちは本物だから。祠堂学院の「三番目のプリンス」とささやかれるナカザト音響の御曹司・中郷壱伊。彼が全力で惚れ込んだ相手は、音大生の涼代律で……。もどかしい恋の行方は!?

ホワイトハート来月の予定 (9月4日頃発売)

恋する救命救急医 それからのふたり ……………… 春原いずみ

※予定の作家、書名は変更になる場合があります。